《无机及分析化学》

习 题 手 册

刘伟明　梁振华　等/编

经 济 科 学 出 版 社

目　录

第1章　分散体系

一、自测题

（一）填空题

1. 一种或一种以上的物质以分子或离子形式均匀地分布在另一种物质中所形成的体系叫做分散系。被分散的物质叫做__________，分散其他物质的物质叫做__________。

2. 一定温度下，溶剂所溶解的溶质达到饱和状态时的溶液叫做__________；溶液未达到饱和状态，还能继续溶解外加的溶质，则该溶液叫做__________。

3. 溶液的形成过程包括溶剂化和扩散过程（或物理过程）。溶质在__________过程中放出热量，在__________过程中吸收热量。

4. 将0.9%（g/mL）的NaCl（分子量为58.5）溶液换算成物质的量浓度为__________ mol/L，毫渗量/升为__________ mOsmol/L。

5. 产生渗透现象必须具备的两个条件是__________，__________。影响渗透压大小的两个因素是__________，__________。

6. 临床上规定等渗溶液渗透压的范围是__________ ~ __________ mOsmol/L。0.2mol/L的葡萄糖溶液是__________渗溶液，0.3mol/L的葡萄糖溶液是__________渗溶液（填高，等，低）。

7. 人体血液中由无机盐类离子产生的渗透压称为__________渗透压；而由各种蛋白质产生的渗透压称为__________渗透压。

8. 0.9% NaCl（g/mL）的NaCl（分子量为58.5）溶液的渗透压为__________ mOsmol/L。27℃时，0.06mol/L的葡萄糖溶液与等体积0.03mol/L的NaCl溶液混合，混合液的渗透压为__________ kPa。（$R=8.314$）

9. 胶体是指分散相粒子直径大小在__________ ~ __________ nm之间的分散系。促使溶胶聚沉的方法主要有三种，分别是加入电解质，__________，__________。

10. 将12.5mL 0.02mol/L的KCl溶液和25mL 0.02mol/L的$AgNO_3$溶液混合，制备AgCl溶胶，该胶体带__________电，在电场中向__________极移动。

11. 溶胶能保持相对稳定性的主要原因是__________和__________。向一溶胶中加入少量$AlCl_3$溶液，溶胶很快__________，同样若加入少量$Fe(OH)_3$胶体溶胶也很快聚沉，则该溶胶带__________电。

12. 高分子化合物溶液中，分散相粒子大小在__________ ~ __________ nm。

13. 医药上用于胃肠道造影的$BaSO_4$胶浆合剂中要加足够量阿拉伯胶，这是利用了高分子化合物对__________的__________作用。

（二）选择题

1. 由$FeCl_3$水解制得的$Fe(OH)_3$胶体的扩散层离子为（　　）。

A. Fe^{3+}　　B. OH^-　　C. Cl^-　　D. H^+

2. 晚上用探照灯向天空搜索时，会出现明亮的光柱，原因为（　　）。
   A. 空气可以看作为胶体，能产生丁达尔现象　B. 空气分子的布朗运动
   C. 空气分子带电　D. 空气分子间的距离太大
3. 正常人血液的 HPO_4^{2-} 渗透压为 1mOsmol/L，其摩尔浓度（mol/L）为（　　）。
   A. 1　B. 0.01　C. 0.001　D. 0.0001
4. 1 毫摩尔（180mg）葡萄糖加水使之成为 1 升溶液，其渗透压为（　　）mOsmol/L。
   A. 180　B. 1　C. 1000　D. 100
5. 现要配制 0.5mol/L 的 $NaHCO_3$ 溶液 500mL，则需称取 $NaHCO_3$ 固体（　　）g（$NaHCO_3$ 分子量 84）。
   A. 21　B. 42　C. 84　D. 48
6. 下列物质的水溶液一定不属于胶体的是（　　）。
   A. 蛋白质　B. 核糖核酸　C. 糖原　D. 葡萄糖
7. 下列属于非均相分散系的是（　　）。
   A. 碘酒　B. 牛奶　C. NaCl 溶液　D. 葡萄糖溶液
8. 一种分散系微粒直径为 90nm，它属于（　　）分散系。
   A. 粗　B. 胶体　C. 分子　D. 离子
9. 对于布朗运动，下列说法正确的是（　　）。
   A. 溶胶粒子越大，温度越高，布朗运动越明显
   B. 溶胶粒子越小，温度越高，布朗运动越明显
   C. 溶胶粒子越大，温度越低，布朗运动越明显
   D. 溶胶粒子越小，温度越低，布朗运动越明显
10. $Fe(OH)_3$ 胶粒优先吸附的微粒是（　　）。
    A. FeO^+　B. Fe^{3+}　C. OH^-　D. Cl^-
11. $Fe(OH)_3$ 胶团的胶核为（　　）。
    A. $(n-x)\ Cl^-$　B. $[Fe(OH)_3]_m$　C. $nFeO^+$　D. xCl^-
12. 不能使 As_2S_3 溶胶聚沉的方法是（　　）。
    A. 加热　B. 加 $CaCl_2$ 溶液　C. 加 $Fe(OH)_3$ 溶胶　D. 加水
13. 不属于高分子化合物的是（　　）。
    A. 蛋白质　B. 蔗糖　C. 淀粉　D. 聚乙烯
14. 不影响高分子化合物黏度的因素为（　　）。
    A. 浓度　B. 温度　C. 压力　D. 催化剂
15. 下列叙述不正确的是（　　）。
    A. 溶胶颗粒是由许多小分子组成的聚集体
    B. 溶胶和高分子溶液都能产生丁达尔现象
    C. 溶胶和高分子溶液都不能透过半透膜
    D. 溶胶和高分子溶液黏度都很大
16. 加热蛋白质溶液时发生的变化为（　　）。

A. 盐析　　B. 变性　　C. 电泳　　D. 丁达尔现象

17. 某患者需补充 Na^+ 0.5g，如用生理盐水补充 Na^+，应输生理盐水（　　）。

A. 11.2mL　　B. 142.8mL　　C. 27.8mL　　D. 212.0mL

18. $AlCl_3$，NaCl，$CaCl_2$三种电解质对 As_2S_3溶胶的聚沉能力大小顺序（　　）。

A. $AlCl_3$　$CaCl_2$　NaCl　　B. $CaCl_2$　$AlCl_3$　NaCl

C. $CaCl_2$　NaCl　$AlCl_3$　　D. NaCl　$AlCl_3$　$CaCl_2$

19. 下列说法不正确的是（　　）。

A. 胶体颗粒大小在 1 ~ 100nm 之间　　B. 胶体分散系是不均一，透明，稳定的

C. 胶体分散系加入电解质不易聚沉　　D. 胶体分散系有丁达尔现象

20. 胶粒产生电泳现象的原因是（　　）。

A. 胶粒能发生丁达尔效应的结果

B. 由于胶粒中部分粒子带正电，部分粒子带负电

C. 胶粒在外电场作用下带相同电荷引起的

D. 胶粒在电场中电离的结果

21. 下列微粒不能透过半透膜的是（　　）。

A. Na^+　　B. H_2O　　C. $(C_6H_{12}O_6)_n$　　D. H^+

22. 产生渗透现象的条件（　　）。

A. 膜两侧物质分子量不同　　B. 膜两侧溶质微粒大小不同

C. 膜两侧溶液性质不同　　D. 半透膜两侧单位体积内溶剂分子数不同

23. 对于 $p_{渗} = icRT$ 中的 i 理解正确的为（　　）。

A. 对于非电解质来说 i 都相同　　B. 对于电解质来说 i 都不相同

C. 对于所有物质来说 i 都相同　　D. 对于所有物质来说 i 都不同

24. 对于“毫渗量/升”的理解不正确的是（　　）。

A. 1 毫渗量/升 = 1 毫摩尔/升（适用非电解质）

B. 临床上常用它来表示单位体积溶液中所含溶质的总颗粒数

C. 在临床上用以表示溶液渗透压大小的单位

D. 溶液中能产生渗透现象的各种溶质分子或离子的总浓度

25. 5%（g/mL）葡萄糖溶液和 0.9%（g/mL）NaCl 溶液的渗透压比较，正确的为（　　）。

A. 前较后为高渗　　B. 等渗　　C. 前较后为低渗　　D. 无法比较

26. 某溶液为 290mOsmol/L，其溶液相对于血浆来说（　　）。

A. 为高渗液　　B. 为低渗液　　C. 为等渗液　　D. 无法比较

27. 输液时产生了溶血现象，一般是由于（　　）造成。

A. 输入了高渗溶液　　B. 输入了低渗溶液

C. 输入了等渗溶液　　D. 输液杀死了细胞

28. 2mol/LKCl 与 2mol/L$CaCl_2$间用半透膜隔开，水分子渗透的方向为（　　）。

A. $KCl \rightarrow CaCl_2$　　B. $KCl \leftarrow CaCl_2$　　C. $CaCl_2 = KCl$　　D. 无法确定

29. 比较 0.5mol/L 葡萄糖与 1mol/L 蔗糖的渗透压大小（　　）。

A. 前者 > 后者　　B. 前者 = 后者　　C. 前者 < 后者　　D. 无法确定

30. 渗透现象是溶剂分子通过半透膜（　　）。

A. 由高浓度向低浓度溶液扩散

B. 由低浓度向高浓度溶液扩散

C. 高浓度和低浓度溶液相互扩散，速度相同

D. 高浓度和低浓度溶液相互扩散，速度不相同

31. 关于半透膜的叙述中，正确的是（　　）。

A. 半透膜是一个具有选择透过性的薄膜

B. 半透膜是人工合成的多孔性薄膜

C. 半透膜是无选择透过性薄膜

D. 半透膜可以让葡萄糖分子通过

32. 下列说法正确的是（　　）。

A. 渗透压与溶液的浓度成正比

B. 渗透压与溶液的温度成正比

C. 渗透压与溶质的分子量成正比

D. 在一定温度下，渗透压与溶液中单位体积的微粒数成正比

33. 今有①$C_6H_{12}O_6$（葡萄糖），②$C_{12}H_{22}O_{11}$（蔗糖）和③NaCl 三种溶液，它们的浓度都是 1%，比较它们的渗透压（　　）。

A. ①>②>③　　B. ②>①>③　　C. ③>①>②　　D. ③>②>①

34. 9g/L 的 NaCl 溶液与血浆相比是（　　）。

A. 高渗液　　B. 低渗液　　C. 等渗液　　D. 都不是

35. 下面实验事实中，与胶体溶液性质没有直接关系的是（　　）。

A. 混浊泥水放入明矾，可以使其澄清

B. 含少量硫磺的酒精溶液，加入大量的水所形成白色浑浊溶液，即使用滤纸过滤也不能过滤分离

C. 蛋白质水溶液加大量硫酸铵饱和溶液产生沉淀

D. 蔗糖的稀溶液加酸并加热，产生还原性物质

（三）简答题

1. 在临床上，溶液的等渗、低渗和高渗是如何定义的？输入过多高渗、低渗溶液时，会出现哪些情况？

2. 下列溶液用半透膜隔开，指出水分子的渗透方向。

（1）2mol/L 葡萄糖与 2mol/L 蔗糖

（2）0.2mol/L 氯化钠与 0.1mol/L 氯化钙

3. 碘化银溶胶是 AgI 和过量 $AgNO_3$ 形成的，试写出碘化银胶体的胶团结构。

4. 为什么高分子化合物溶液对溶胶具有保护作用？

（四）计算题

1. 大量输液用的葡萄糖（$C_6H_{12}O_6$）注射液，药典的规格是 0.5L 溶液中含结晶葡萄糖 25g，

试求它的物质的量浓度和质量浓度。($C_6H_{12}O_6$分子量180)

2. 今化验某病员3.0mL血液中含K^+0.585mg，求此病员血液中K^+的mmol/L。

3. 临床上纠正酸中毒时，常使用乳酸钠（$NaC_3H_5O_3$）注射液，它的规格是每支20mL注射液中含乳酸钠2.24g，问此乳酸钠注射液的物质的量浓度是多少？(乳酸钠分子量112)

4. 欲配制2g/L的硫酸铜（$CuSO_4$）溶液2000mL作为治疗磷中毒的催吐剂，问需要结晶硫酸铜（$CuSO_4 \cdot 5H_2O$）多少克？($CuSO_4$分子量160，$CuSO_4 \cdot 5H_2O$分子量250)

5. 正常人血浆中每100mL含Na^+326mg，HCO_3^-164.7mg，问它们的物质的量浓度各为多少？(用mmol/L表示)

6. 某患者补液需用100g/L葡萄糖溶液500mL，现有500g/L和50g/L两种葡萄糖溶液，问需要这两种葡萄糖溶液各多少毫升？

7. 在容积为10.0L的真空钢瓶内充入氯气，当温度为298.15K时，测得瓶内气体的压力为1.0×10^7Pa，试计算钢瓶内氯气的质量。

8. 一氧气瓶的容积是32L，其中氧气的压力为13.2×10^3kPa。规定瓶内氧气压力降至1.01×10^3时就要充氧气，以防混入别的气体。今有实验设备每天需用101.325kPa氧气400L，问一瓶氧气能用几天。

二、自测题答案

(一) 填空题

1. 分散质，分散剂
2. 饱和溶液，不饱和溶液
3. 溶剂化，扩散
4. 0.154，308
5. 有半透膜存在，半透膜两侧单位体积内溶剂分子数不同，温度，浓度
6. 280~320，低，等
7. 晶体，胶体
8. 308，149.4
9. 1，100，加热，加入带相反电荷的溶胶
10. 正，阴
11. 胶粒带电，水化膜存在，聚沉，负
12. 1，100
13. 溶胶，保护

(二) 选择题

1. C	2. A	3. C	4. B	5. A	6. D	7. B	8. B	9. B	10. A
11. B	12. D	13. B	14. D	15. D	16. B	17. B	18. A	19. C	20. C
21. C	22. D	23. A	24. B	25. B	26. C	27. B	28. A	29. C	30. B
31. A	32. D	33. C	34. C	35. D					

(三) 简答题

1. 答：正常血浆的渗透压约为300mmol/L，故临床上规定：凡渗透压在280~320mmol/L范围内的溶液称为等渗溶液，凡低于280mmol/L的溶液称为低渗溶液，高于320mmol/L的溶液称为高渗溶液。输入低渗溶液时，会使红细胞破裂出现溶血现象；输入高渗溶液时，红细胞皱缩易粘合在一起而成“团块”，这些“团块”是产生“血栓”的原因之一。

2. 答：（1）不产生渗透现象，渗透压相等。（2）由 0.1mol/L 氯化钙溶液向 0.2mol/L 氯化钠溶液渗透。

3. 答：

$$[(AgI)_m \cdot nAg(n-x) \quad NO_3]^{x+} \cdot XNO_3^-$$

胶核　电位离子　反离子　　　反离子

吸附层　　　扩散层

胶粒

胶团

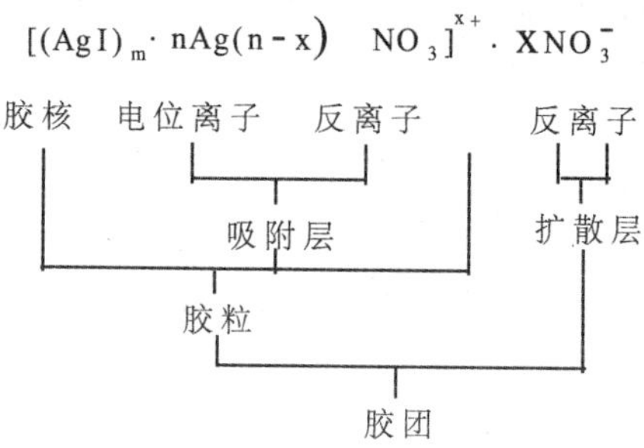

4. 答：保护作用是由于高分子化合物易被吸附在胶粒表面，形成保护层，另外高分子化合物的水化能力使外面形成水化膜，阻止了胶粒的聚集，从而增强了溶胶的稳定性。

（四）计算题

1. 解：物质的量浓度为：

$$\frac{25g/198g/mol}{0.5L} = 0.25mol/L$$

25g 结晶葡萄糖中含有葡萄糖质量为：

$$\frac{25 \times 180}{198} = 22.7(g)$$

质量浓度为：

$$\frac{22.7}{0.5} = 45.4$$

2. 解：血钾浓度：

$$\frac{0.585 \times 1000}{3 \times 39.0} = 5mmol/L$$

3. 解：2.24g 乳酸钠相当的物质的量为：2.24/112 = 0.02（mol）

乳酸钠注射液的物质的量浓度为：0.02/0.02 = 1（mol）

4. 解：配制 2000ml 2g/L 的该溶液需硫酸铜为：2L × 2 g/L = 4g.

4g $CuSO_4$ 相当于 $CuSO_4 \cdot 5H_2O$ 的质量为：

$$\frac{4 \times 249.5}{159.5} = 6.28(g)$$

5. 解：Na^+ 的物质的量为 326/23 = 14.17mmol

Na^+ 的物质的量浓度为 14.17/0.1 = 142mmol

HCO_3^- 的物质的量为 164.7/61 = 2.7mmol

HCO_3^- 物质的量浓度为 2.7/0.1 = 27mmol/L

6. 解：设需 500g/mL 葡萄糖液 V_1 mL，需 50g/mL 葡萄糖液 V_2 mL

$V_2 = 500 - V_1$

则 $500V_1 + 50(500 - V_1) = 100(V_1 + 500 - V_1)$

$450V_1 = 50000 - 25000$

$V_1 = 55.6(\text{mL})$　　　　$V_2 = 444.4(\text{mL})$

7. 解：氯气质量为 2.9×10^3g。

8. 解：一瓶氧气可用天数为：

$$\frac{n_1}{n_2} = \frac{(p - p_1)V_1}{p_2V_2} = \frac{(13.2 \times 10^3 - 1.01 \times 10^3)\text{kPa} \times 32\text{L}}{101.325\text{kPa} \times 400\text{L} \times \text{d}^{-1}} = 9.6\text{d}$$

第2章　化学热力学基础

一、自测题

（一）选择题

1. 对于封闭体系，体系与环境间（　　）。

A. 既有物质交换，又有能量交换　　B. 没有物质交换，只有能量交换

C. 既没物质交换，又没能量交换　　D. 没有能量交换，只有物质交换

2. 按通常规定，标准生成焓为零的物质为（　　）。

A. Cl_2（l）　B. Br_2（g）　C. N_2（g）　D. I_2（g）

3. 下列各项与变化途径有关的是（　　）。

A. 内能　B. 焓　C. 自由能　D. 功

4. 热力学温度为零时，任何完美的晶体物质的熵为（　　）。

A. 零　B. $1J \cdot mol^{-1} \cdot K^{-1}$　C. 大于零　D. 不确定

5. 环境对系统作 10kJ 的功，且系统又从环境获得 5kJ 的热量，问系统内能变化是多少(　　)。

A. －15kJ　B. －5kJ　C. ＋5kJ　D. ＋15kJ

6. 等温等压过程在高温不自发进行而在低温时可自发进行的条件是（　　）。

A. $\Delta H<0$，$\Delta S<0$　B. $\Delta H>0$，$\Delta S<0$

C. $\Delta H<0$，$\Delta S>0$　D. $\Delta H>0$，$\Delta S>0$

7. 下列反应中哪个是表示 $\Delta H=\Delta H$（AgBr，s）的反应（　　）。

A. $Ag(aq)+Br(aq)=\!=\!=AgBr(s)$　B. $2Ag(s)+Br_2(g)=\!=\!=2AgBr(s)$

C. $Ag(s)+Br_2(l)=\!=\!=1/2\ AgBr(s)$　D. $Ag(s)+1/2\ Br_2(g)=\!=\!=AgBr(s)$

8. 已知 $\Delta_r H_m$（Al_2O_3）$=-1676kJ \cdot mol^{-1}$，则标准态时，108g 的 Al（s）完全燃烧生成 Al_2O_3（s）时的热效应为（　　）。（原子量　Al：27　O：16）

A. 1676kJ　B. －1676kJ　C. 3352kJ　D. －3352kJ

9. 对于盖斯定律，下列表述不正确的是（　　）。

A. 盖斯定律反应了体系从一个状态变化到另一状态的总能量变化

B. 盖斯定律反应了体系状态变化时其焓变只与体系的始态终态有关，而与所经历的步骤和途径无关

C. 盖斯定律反应了体系状态变化时其熵变只与体系的始终态有关，而与所经历的步骤和途径无关

D. 盖斯定律反应了体系状态变化时其自由能变只与体系的始终态有关，而与所经历的步骤和途径无关

10. 室温下，稳定状态的单质的标准熵为（　　）。

A. 零　　B. $1J \cdot mol^{-1} \cdot K^{-1}$　　C. 大于零　　D. 不确定

11. 热化学方程式 $N_2(g) + 3H_2(g) \xlongequal{} 2NH_3(g)$，$\Delta_r H_m(298) = -92.2kJ \cdot mol^{-1}$ 表示（　　）。

A. $1molN_2$（g）和 $3molH_2$（g）反应可放出 92.2kJ 的热量；

B. 在标况下，$1molN_2$（g）和 $3molH_2$（g）完全作用后，生成 $2molNH_3$（g）可放出 92.2kJ 的热；

C. 按上述计量关系进行时生成 $1molNH_3$（g）可放热 92.2kJ；

D. 它表明在任何条件下 NH_3 的合成过程是一放热反应.

12. 已知：

$$4Fe(s) + 3O_2 \xlongequal{} 2Fe_2O_3(s); \quad \Delta G = -1480kJ \cdot mol^{-1}$$

$$4Fe_2O_3(s) + Fe(s) \xlongequal{} 3Fe_3O(s); \quad \Delta G = -80kJ \cdot mol^{-1}$$

则 ΔG（Fe_3O，s）的值是（　　）$kJ \cdot mol^{-1}$

A. −1013　　B. −3040　　C. 3040　　D. 1013

13. 热力学第一定律的数学表达式　$\Delta U = Q + W$ 只适用于（　　）。

A. 理想气体　　B. 孤立体系　　C. 封闭体系　　D. 敞开体系

14. 已知反应 B 和 A 和反应 B 和 C 的标准自由能变分别为 ΔG_1 和 ΔG_2，则反应 A 和 C 的标准自由能变 ΔG 为（　　）。

A. $\Delta G = \Delta G_1 + \Delta G_2$　　B. $\Delta G = \Delta G_1 - \Delta G_2$

C. $\Delta G = \Delta G_2 - \Delta G_1$　　D. $\Delta G = 2\Delta G_1 - \Delta G_2$

15. 某化学反应其 ΔH 为 $-122kJ \cdot mol^{-1}$，ΔS 为 $-231J \cdot mol^{-1} \cdot K^{-1}$，则此反应在下列情况下自发进行的是（　　）。

A. 在任何温度下自发进行　　B. 在任何温度下都不自发进行

C. 仅在高温下自发进行　　D. 仅在低温下自发进行

16. 已知反应 $Cu_2O(s) + O_2(g) \xlongequal{} 2CuO(s)$ 在 300K 时，其 $\Delta G = -107.9\ kJ \cdot mol^{-1}$，400K 时，$\Delta G = -95.33kJ \cdot mol^{-1}$，则该反应的 ΔH 和 ΔS 近似各为（　　）。

A. $187.4kJ \cdot mol^{-1}$；$-0.126kJ \cdot mol^{-1} \cdot K^{-1}$

B. $-187.4kJ \cdot mol^{-1}$；$0.126kJ \cdot mol^{-1} \cdot K^{-1}$

C. $-145.6kJ \cdot mol^{-1}$；$-0.126kJ \cdot mol^{-1} \cdot K^{-1}$

D. $145.6kJ \cdot mol^{-1}$；$-0.126kJ \cdot mol^{-1} \cdot K^{-1}$

17. 已知298K 时 NH_3（g）的 $\Delta H = -46.19kJ \cdot mol^{-1}$，反应 $N_2(g) + 3H_2(g) \rightleftharpoons 2NH_3(g)$ 的 ΔS 为 $-198J \cdot mol^{-1} \cdot K^{-1}$，欲使此反应在标准状态时能自发进行，所需温度条件为(　　)。

A. <193K　　B. <466K　　C. >193K　　D. >466K

18. 金属铝是一种强还原剂，它可将其他金属氧化物还原为金属单质，其本身被氧化为 Al_2O_3，则298K 时，$1molFe_2O_3$ 和 1molCuO 被 Al 还原的 ΔG 分别为（　　）。

A. $839.8kJ \cdot mol^{-1}$　　B. $-839.8kJ \cdot mol^{-1}$　　C. $397.3kJ \cdot mol^{-1}$

D. $-393.7kJ \cdot mol^{-1}$　　E. $-1192kJ \cdot mol^{-1}$

（已知：$\Delta G(Al_2O_3, s) = -1582kJ \cdot mol^{-1}$）

ΔG（Fe_2O_3，s）$= -742.2kJ \cdot mol^{-1}$

ΔG（CuO，s）$= -130kJ \cdot mol^{-1}$

19. 在 732K 时反应　NH_4Cl（s）$\!=\!=\!=\! NH_3(g) + HCl$（g）的 ΔG 为 $-20.8kJ \cdot mol^{-1}$，ΔH 为 $154kJ \cdot mol^{-1}$，则反应的 ΔS 为（　　）$J \cdot mol^{-1} \cdot K^{-1}$。

A. 587　　B. −587　　C. 239　　D. −239

20. 化学反应在任何温度下都不能自发进行时，其（　　）。

A. 焓变和熵变两者都是负的　　B. 焓变和熵变两者都是正的

C. 焓变是正的，熵变是负的　　D. 焓变是负的，熵变是正的

21. 关于熵，下列叙述中正确的是（　　）。

A. 0K 时，纯物质的标准熵 $S = 0$

B. 单质的 $S = 0$，单质的 ΔH 和 ΔG 均等于零

C. 在一个反应中，随着生成物的增加，熵增大

D. $\Delta S > 0$ 的反应总是自发进行的

（二）计算题

1. 1molO_2 于 298.2K 时：（1）由 101.3kPa 等温可逆压缩到 608.0kPa，求 Q、W、ΔU、ΔH、ΔG、ΔS 和 $\Delta S_{(孤立)}$；（2）若自始至终用 608.0kPa 的外压，等温压缩到终态，求上述个热力学量的变化。

2. 试计算 298.15K，标准态下的反应：$H_2O(g) + CO(g) = H_2(g) + CO_2(g)$ 的 $\Delta_r H_m^\Theta$，$\Delta_r G_m^\Theta$ 和 $\Delta_r S_m^\Theta$，并计算 298.15K 时 H_2O（g）的 S_m^Θ。

3. 利用附录Ⅲ的数据，判断下列反应在标准态下能否自发进行。

（1）$Ca(OH)_2(s) + CO_2(g) \!=\!=\!=\! CaCO_3(s) + H_2O$（l）

（2）$CaSO_4 \cdot 2H_2O$（s）$\!=\!=\!=\! CaSO_4(s) + 2H_2O$（l）

（3）$PbO(s) + CO(g) \!=\!=\!=\! Pb(s) + CO_2(g)$

4. 已知标准态下，$H_2(g)$ 和 $N_2(g)$ 的离解能分别为 $434.7kJ \cdot mol^{-1}$ 和 $869.4kJ \cdot mol^{-1}$，NH_3（g）的生成热为 $46.2kJ \cdot mol^{-1}$. 求：$N(g) + 3H(g) = NH_3(g)$ 的反应热。

5. 计算下列体系热力学能的变化：

（1）体系放出 2.5kJ 的热量，并且对环境作功 0.5kJ；

（2）体系放出 6.5kJ 的热量，环境对体系作功 3.5kJ。

6. 在 $p^\Theta = 101.325kPa$ 和 1158K 下，分解 1.0mol$CaCO_3$需消耗热量 165kJ，式计算此过程的 W，ΔU 和 ΔH。$CaCO_3$的分解反应方程式为：

$$CaCO_3(s) \!=\!=\!=\! CaO(s) + CO_2(g)$$

7. 在 298K. 101.325kPa 下，反应 $2SO_3(g) \!=\!=\!=\! 2SO_2(g) + O_2(g)$ 能否自发进行？若分解 1 克 $SO_3(g)$ 为 $SO_2(g)$ 和 $O_2(g)$，其 ΔG 是多少？

（已知：ΔG（SO_3，g）= $-370kJ \cdot mol^{-1}$）

$\Delta G(SO_2, g) = -300kJ \cdot mol^{-1}$

$\Delta G(O_2, g) = 0$

8. 利用附录 3 的数据，判断下列反应：$C_2H_5OH(g) = C_2H_4(g) + H_2O(g)$

（1）在 298.15K 下能否自发进行？

（2）在 597.15K 下能否自发进行？

（3）求该反应能自发进行的最低温度。

9. 已知在 298K 时：

	$Fe_3O(s)$	$+H_2(g)$	$\longrightarrow 3Fe(s)$	$+H_2O(g)$
ΔH（$kJ \cdot mol^{-1}$）	-1118	0	0	-242
S（$J \cdot K^{-1} \cdot mol^{-1}$）	146	130	27	189

求：反应在 298K 时的 ΔG 是多少？

10. 已知 298K 时：

$$2Al(s) + 3/2O_2(g) \text{===} Al_2O_3(s) \quad \Delta_r H_1^\ominus = -1669.8kJ \cdot mol^{-1}$$

$$2Fe(s) + 3/2O_2(g) \text{===} Fe_2O_3(s) \quad \Delta_r H_2^\ominus = -822.2kJ \cdot mol^{-1}$$

求：$2Al(s) + Fe_2O_3(s) \text{===} 2Fe(s) + Al_2O_3(s)$ 的 $\Delta_r H_3^\ominus$，若上述反应产生 1.00kg 的 Fe，能放出多少热量。

11. 已知：

（1）$C(s) + O_2(g) \text{===} CO_2(g)$　　$\Delta_r H_1^\ominus = -393.5kJ \cdot mol^{-1}$

（2）$H_2(g) + \frac{1}{2}O_2(g) \text{===} H_2O(l)$　　$\Delta_r H_2^\ominus = -285.9kJ \cdot mol^{-1}$

（3）$CH_4(g) + 2O_2(g) \text{===} CO_2(g) + 2H_2O(l)$　　$\Delta_r H_3^\ominus = -890.0kJ \cdot mol^{-1}$

求：反应 $C(s) + 2H_2(g) \text{===} CH_4(g)$ 的 $\Delta_r H_m^\ominus$ 值。

12. 在 298.15K 及 101.235kPa 时，环丙烷 C_3H_6、C（石墨）、H_2（g）的标准摩尔燃烧焓分别为 -2092. -393.5 及 $-285.8kJ \cdot mol^{-1}$，若已知丙烯 C_3H_6 在 298.15K 时的 $\Delta_f H_m^\ominus = 20.5kJ \cdot mol^{-1}$，求：（1）由石墨与氢气生成环丙烷在 298.15K 时的 $\Delta_f H_m^\ominus$；（2）298.15K 时环丙烷异构为丙烯反应（$C_3H_6 \rightarrow CH_3-CH=CH_2$）的 $\Delta_r H_m^\ominus$。

二、自测题答案

（一）选择题

1. B　2. C　3. D　4. A　5. D　6. A　7. C　8. D　9. A　10. C　11. B
12. A　13. C　14. C　15. D　16. C　17. B　18. A　19. C　20. C　21. A

（二）计算题

1. 解：（1）$\Delta U=\Delta H=0$，$Q=W=-4442\text{J}$，$\Delta G=4442\text{J}$，$\Delta S_{体系}=-14.9\text{J}$；

（2）$\Delta U=\Delta H=0$，$Q=W=-12396\text{J}$，$\Delta G=4442\text{J}$，$\Delta S_{体系}=-14.9\text{J}$。

2. 解：$\Delta_r H_m^\ominus=-41.2\text{kJ}\cdot\text{mol}^{-1}$；$\Delta_r G_m^\ominus=-28.6\text{kJ}\cdot\text{mol}^{-1}$；

$\Delta_r S_m^\ominus=-42.26\text{J}\cdot\text{K}^{-1}\cdot\text{mol}^{-1}$；$S_m^\ominus$（$H_2O$，g）$=189.1\text{J}\cdot\text{K}^{-1}\cdot\text{mol}^{-1}$。

3. 解：（1）$-74.8\text{kJ}\cdot\text{mol}^{-1}$；（2）$0.7\text{kJ}\cdot\text{mol}^{-1}$；（3）$-69.2\text{kJ}\cdot\text{mol}^{-1}$。

4. 解：根据已知

$N_2(g)+3H_2(g)=\!=\!=2NH_3(g)$　　$\triangle H_1=-46.2\text{kJ}\cdot\text{mol}$

$N(g)\longrightarrow N_2(g)$　　$\triangle H_2=-\frac{1}{2}\times 869.4\text{kJ}\cdot\text{mol}$

$3H(g)\longrightarrow H_2(g)$　　$\triangle H_3=-\frac{3}{2}\times 434.7\text{kJ}\cdot\text{mol}$

以上3式相加得　$N(g)+3H(g)=\!=\!=NH_3(g)$

$\triangle H=\triangle H_1+\triangle H_2+\triangle H_3=-1123.95\text{kJ}\cdot\text{mol}$

5. 解：（1）-3kJ　　（2）-3kJ

6. 解：$W=9.6\text{kJ}$　$\Delta U=155.4\text{kJ}$　$\Delta H=165\text{kJ}$

7. 解：因$\triangle G<0$，是自发的，而$\triangle G>0$是非自发的，即

$$\triangle G=2\triangle G(SO_2,g)-2\triangle G(SO_3,g)$$
$$=2\times(-300)-2\times(-370)=140\text{kJ}\cdot\text{mol}>0$$

所以在已知条件下反应是非自发的，分解1克$SO_3(g)$的量为：

$$\triangle G=\frac{140}{2\times(32+48)}=0.875\text{kJ}$$

8. 解：（1）不自发；（2）自发；（3）363K。

9. 解：$Fe_3O(s)+4H_2(g)=\!=\!=3Fe(s)+4H_2O(l)$

$$\triangle H=4\times(-242)-(-1118)=150\text{kJ}\cdot\text{mol}$$
$$\triangle S=4\times189+3\times27-130\times4-146=171\text{J}\cdot\text{mol}\cdot\text{K}$$
$$\triangle G=\triangle H-T\triangle S$$
$$=150-298\times171\times10=99\text{kJ}\cdot\text{mol}$$

10. 解：①－②式得：

$2Al(s)-2Fe(s)=\!=\!=Al_2O_3(s)-Fe_2O_3(s)$

即　$2Al(s)+Fe_2O_3(s)=\!=\!=2Fe(s)+Al_2O_3(s)$

$$\triangle_r H_3^\ominus=\triangle_r H_1^\ominus-\triangle_r H_2^\ominus$$
$$=-1669.8+822.2=-847.6\text{kJ}\cdot\text{mol}$$

则产生2molFe时放热847.6kJ，产生1kgFe时可放热。

$$Q=\frac{1000}{56}\times\frac{847.6}{2}=-75678(\mathrm{kJ})$$

11. 解：$\Delta_r H_m^{\ominus}=-75.3\mathrm{kJ}\cdot\mathrm{mol}^{-1}$

12. 解：(1) $\Delta_f H_m^{\ominus}=54.1\mathrm{kJ}\cdot\mathrm{mol}^{-1}$；(2) $\Delta_r H_m^{\ominus}=-33.6\mathrm{kJ}\cdot\mathrm{mol}^{-1}$

第3章 化学反应速率和化学平衡

一、自测题

（一）名词解释

1. 化学平衡
2. 化学反应速度
3. 催化剂
4. 可逆反应

（二）填空题

1. 化学反应速度是以__________反应物或生成物__________来表示的。

2. 在同一化学反应中，以__________表示的化学反应速度比应等于__________比。

3. 决定化学反应速度的主要因素是__________，影响反应速度的外界条件有__________、压强、温度、催化剂。

4. 影响平衡移动的主要条件有浓度，__________和__________。

5. 处于平衡状态的反应：$2CO + O_2 = 2CO_2 + Q$。如果其他条件不变，（1）增大压强，平衡向________移动；（2）增大O_2的浓度，平衡向__________移动；（3）升高温度，平衡向________移动；（4）用适当的催化剂，平衡__________移动。

6. 如果改变处于平衡状态的条件，平衡将向__________方向移动，这个规律叫做__________。

7. 加催化剂不能使化学平衡移动，但可以缩短__________，从而提高__________。

（三）选择题

1. 下述说法中错误的是（　　）。
   A. 化学反应速度通常是指一定时间内的平均速度
   B. 反应速度的单位可用 mol/L · s（或摩尔/升 · 秒）
   C. 决定化学反应速度的主要因素是参加反应物质的本性
   D. 催化剂只能加速正反应速度

2. 以下叙述正确的是（　　）。
   A. 化学平衡是动态平衡
   B. 催化剂使化学平衡向正反应方向移动
   C. 升高温度使平衡向放热方向移动
   D. 降低反应物浓度可使平衡向生成物方向移动

3. 可逆反应，Fe_2O_3(固) + 3CO(气)$\rightleftharpoons$2Fe(固) + $3CO_2$(气) − Q，达平衡后，可使化学平衡移动的是（　　）。
   A. 增大压强　　B. 升高温度　　C. 扩大容器体积　　D. 加入催化剂

4. 下列四个可逆反应都已经达到平衡，其中通过降温和加压都能使平衡向正反应方向移动的是（　　）。

A. $N_2 + O_2 \xlongequal{} 2NO - Q$　　B. $N_2 + 3H_2 \xlongequal{} 2NH_3 + Q$

C. $2NO_2 \xlongequal{} 2NO + O_2 - Q$　　D. $CO + NO_2 \xlongequal{} CO_2 + NO + Q$

5. 下式表示已达到化学平衡的化学反应方程式：

mA（气）+ nB（气）$\xlongequal{}$ pC（气）+ qD（气）+ Q；若升高温度和降低压强都能使平衡向右移动，则上述反应应该满足的条件是（　　）。

A. $Q < 0$，$p + q > m + n$　　B. $Q < 0$，$p + q < m + n$

C. $Q > 0$，$p + q > m + n$　　D. $Q > 0$，$p + q < m + n$

6. 对于反应 $A + 3B = 2C$，下列表示的反应速度最快的是（　　）。

A. $V_A = 0.01$ 摩/升·秒　　B. $V_B = 0.02$ 摩/升·秒

C. $V_B = 0.6$ 摩/升·分　　D. $V_C = 1.0$ 摩/升·分

7. 可逆反应 C（固）+ H_2O（气）= CO（气）+ H_2（气）- Q，说法正确的是（　　）。

A. 达到平衡时反应物和生成物浓度相等

B. 加入催化剂可缩短达到平衡的时间

C. 改变压强不影响化学平衡

D. 升高温度，正反应速度增大，逆反应速度减小，所以平衡右移动

8. A、B、C、D 四种气体存在于平衡体系 $A + 2B = C + XD + Q$ 中，下列情况：①温度不变，缩小容积，C 的百分含量增大；②容积不变，降低温度，A 的浓度增加，则（　　）。

A. $Q > 0$　$X > 2$　　B. $Q < 0$　$X > 2$　　C. $Q > 0$　$X = 1$　　D. $Q < 0$　$X = 1$

9. 对于可逆反应 $A + B = C + D$，若 A、C 为无色气体，并已达平衡状态，则正确的是(　　)。

A. 若增大 A 的浓度，平衡混合物颜色加深，则 D 一定为有色气体

B. 若增大压强，平衡不移动，则 B、D 一定是气体

C. 若升高温度，C 浓度增大，则正反应是放热反应

D. 若增大 A 的浓度，则 A 的体积百分比将减小

（四）计算题

1. 溶液中进行如下反应：A + B→产物，如果反应对 A、B 均为一级。反应开始时 A、B 浓度相等，1 小时后 A 剩余 50%，2 小时后，A 还有多少剩余？

2. 阿司匹林水溶液的失效过程符合一级反应特征。已知 25℃时的速率常数 $\kappa = 5 \times 10^{-7} s^{-1}$，阿司匹林降解至 90% 即为失效。求此条件下该药物的半衰期与有效期。

3. 某药物的分解反应为一级反应，在体温 37℃时，反应速率常数 κ 为 $0.46h^{-1}$，若服用该药物 0.16g，问该药物在胃中停留多长时间可分解 90%。

4. 蔗糖的水解是一级反应：$C_{12}H_{22}O_{11} + H_2O \longrightarrow 2C_6H_{12}O_6$。在 25℃时速率常数为 $5.7 \times 10^{-5} s^{-1}$，试计算：(1) 浓度为 $1mol \cdot L^{-1}$ 蔗糖溶液分解 10% 需要的时间。(2) 若反应的活化能为 $110kJ \cdot mol^{-1}$，什么温度时其反应速率是 25℃时的 1/10。

5. 某一化学反应，当温度由 300K 升高到 310K 时，反应速率增大一倍，试求这个反应的活化能。

6. 298K 时向 10.0L 烧瓶中充入足量的 N_2O_4，使起始压力为 100kPa，一部分 N_2O_4 分解为 NO_2，达到平衡后总压力等于 116kPa。计算如下反应的 $K^{\ominus}$。

$$N_2O_4(g) \rightleftharpoons 2NO_2(g)$$

7. 尿素 $CO(NH_2)_{2(s)}$ 的 $\Delta_f G_m^{\ominus} = -197.15 kJ \cdot mol^{-1}$，其他物质的 $\Delta_f G_m^{\ominus}$ 查表。求下列反应在 298K 时的 $K^{\ominus}$。

$$CO_2(g) + 2NH_3(g) \rightleftharpoons H_2O(g) + CO(NH_2)_2(s)$$

8. 已知合成氨的反应：

$$N_2 + 3H_2 \rightleftharpoons 2NH_3$$

在某温度下达到平衡时，平衡浓度分别为 $[N_2] = 3mol \cdot L^{-1}$，$[H_2] = 8mol \cdot L^{-1}$，$[NH_3] = 4mol \cdot L^{-1}$，计算 N_2 和 H_2 的初始浓度。

9. 反应：$H_2(g) + I_2(g) \rightleftharpoons 2HI(g)$ 在 628k 时 $K^{\ominus} = 54.4$。现混合 H_2 和 I_2 的量各为 0.200mol，并在该温度和 5.10kPa 下达到平衡，求 I_2 的转化率。

二、自测题答案

（一）名词解释

1. 答：在一定条件下的可逆反应里，正反应速度和逆反应速度相等时，反应物和生成物的浓度不再随时间而改变的状态。

2. 答：衡量化学反应快慢的量叫做化学反应速度。它是以单位时间内反应物（或生成物）浓度的变化来表示的。

3. 答：能改变化学反应速度，而本身的质量和化学性质在化学反应前后都没有改变的物质。

4. 答：在同一条件下，既能向正反应方向进行，同时又能向逆反应方向进行的化学反应。

（二）填空题

1. 单位时间内，浓度的变化
2. 不同物质的浓度变化，化学反应式中各物质的系数
3. 参加反应物质的本性，浓度
4. 压强，温度
5. 右，右，左，不
6. 减弱或削除这种改变，吕·查德里原理
7. 反应到达平衡的时间，反应速度

（三）选择题

1. D　2. A　3. B　4. B　5. A　6. A　7. B　8. D　9. A

（四）计算题

1. 解：1/3。

2. 解：$t_{1/2} = 16d$；$t_{0.9} = 2.4d$。

3. 解：$t = 0.5h$。

4. 解：（1）$1.8 \times 10^{-3}s$；（2）283K。

5. 解：$53.6110kJ \cdot mol^{-1}$。

6. 解：$K^{\ominus} = 0.12$。

7. 解：$K^{\ominus} = 0.514$。

8. 解：$CO(N_2) = 5mol \cdot L^{-1}$，$CO(H_2) = 14mol \cdot L^{-1}$。

9. 解：78.5%。

第4章　物质结构

一、自测题

(一) 选择题

1. 原子光谱中存在着不连续的线谱，证明了（　　）。
   A. 在原子中仅有某些电子能够被激发
   B. 一个原子中的电子只可能有某些特定的能量状态
   C. 原子发射的光，在性质上不同于普通的白光
   D. 白光是由许许多多单色光组成
2. 原子的体积大小实际上是指（　　）的大小。
   A. 原子核　　B. 核外电子
   C. 原子核和核外电子　　D. 核外电子运动范围
3. 波函数和原子轨道二者之间的关系是（　　）。
   A. 波函数是函数式，原子轨道是电子轨迹
   B. 波函数和原子轨道是同义词
   C. 只有轨道波函数与原子轨道才是同义的
   D. 以上三种说法都不对
4. 元素按原子序数递增顺序排列，下列不发生周期性变化的是（　　）。
   A. 原子最外层电子数　　B. 原子半径
   C. 元素的化合价　　D. 核电荷数
5. 下列哪一原子的原子轨道能量与角量子数无关？（　　）。
   A. Na　　B. Ne　　C. F　　D. H
6. 元素化学性质发生周期性变化的根本原因是（　　）。
   A. 元素的核电荷数逐渐增多　　B. 元素的原子半径呈现周期性变化
   C. 元素的化合价呈现周期性变化　　D. 元素原子核外电子排布呈现周期性变化
7. 氮分子很稳定，因为氮分子（　　）。
   A. 不存在反键轨道　B. 形成三重键　　C. 分子比较小　　D. 满足八隅体结构
8. 元素周期表中共有（　　）个族。
   A. 7　　B. 8　　C. 16　　D. 18
9. 决定主族元素在元素周期表所处主族数的是（　　）。
   A. 质子数　　B. 中子数　　C. 原子最外层电子数　　D. 原子的电子层数
10. 氯元素位于元素周期表中（　　）族。
    A. VIA　　B. VIB　　C. VIIA　　D. VIIB

11. 下列哪种化合物中没有氢键（　　）。

A. H_3BO_3　　B. C_2H_6　　C. N_2H_4　　D. 都没有氢键

12. 对同周期主族元素从左到右性质递变叙述错误的是（　　）。

A. 元素的金属性逐渐减弱

B. 元素的非金属性逐渐增强

C. 原子半径逐渐增大

D. 最高价氧化物的水化物碱性逐渐减弱、酸性逐渐增强

13. 下列关于电子亚层的正确说法是（　　）。

A. p 亚层有一个轨道　　B. 同一亚层的各轨道是简并的

C. 同一亚层电子的运动状态相同　　D. d 亚层全充满的元素属主族

14. 氢原子的 4s 轨道和 4p 轨道能量高低正确的是（　　）。

A. $E_{4s}>E_{4p}$　　B. $E_{4s}<E_{4p}$　　C. $E_{4s}=E_{4p}$　　D. 不确定

15. 下列电子排布式中不正确的是（　　）。

A. $1s^22s^2$　　B. $1s^22s^22p^6$

C. $1s^22s^22p^63s^23p^63d^34s^2$　　D. $1s^22s^22p^63s^23p^63d^44s^2$

16. 乙炔分子（C_2H_2）中，碳原子采取的是（　　）。

A. sp^2杂化　　B. 等性 sp^3杂化　　C. sp 杂化　　D. 不等性 sp^3杂化

17. 某元素的价电子结构是 $3d^54s^2$，该元素是（　　）。

A. 矾　　B. 铬　　C. 锰　　D. 铁

18. 表示电子运动状态的四个量子数不合理的是（　　）。

A. $n=2$，$l=1$，$m=0$，$m_s=-1/2$　　B. $n=2$，$l=2$，$m=0$，$m_s=-1/2$

C. $n=3$，$l=0$，$m=0$，$m_s=1$　　D. $n=3$，$l=2$，$m=0$，$m_s=+1/2$

19. 某原子的基态电子组态是 [Xe] $4f^{14}5d^{10}6s^2$，该元素属于（　　）。

A. 第六周期，IIA 族，s 区　　B. 第六周期，IIB 族，p 区

C. 第六周期，IIB 族，f 区　　D. 第六周期，IIB 族，ds 区

20. 下列元素中，（　　）元素外围电子构型中 3d 全满，4s 半充满。

A. 汞　　B. 银　　C. 铜　　D. 镍

21. 基态$_{24}Cr$ 的电子组态是（　　）。

A. [Ar] $4s^23d^4$　　B. [Kr] $3d^44s^2$　　C. [Ar] $3d^54s^1$　　D. [Xe] $4s^13d^5$

22. 在多电子原子中，具有下列各组量子数的电子中能量最高的是（　　）。

A. 3，2，+1，$+\frac{1}{2}$；　　B. 2，1，+1，$-\frac{1}{2}$；

C. 3，1，0，$-\frac{1}{2}$；　　D. 3，1，−1，$-\frac{1}{2}$。

23. 周期表中各周期元素数目是由什么决定的（　　）。

A. $2n^2$（n 为主量子数）

B. 相应能级组中所含轨道总数

C. 相应能级组中所含电子总数

D. n+0.7 规则

24. 原子轨道中“填充”电子时必须遵循能量最低原理，这里的能量主要是指（　　）。

A. 亲和能　　B. 电能　　C. 势能　　D. 动能

（二）填空题

1. 微观粒子运动与宏观物质相比具有两大特征，它们是__________和__________，说明微观粒子运动特点的两个重要实验是______________________________。

2. 已知某元素 +2 价离子的电子分布式为 $1s^22s^22p^63s^23p^63d^{10}$，该元素在周期表中所属的分区为__________。

3. 主量子数为 4 的一个电子，它的角量子数的可能取值有__________种，它的磁量子数的可能取值有__________种。

4. 氢原子的电子能级由__________决定，而钠原子的电子能级由________________决定。

5. 按核外电子构型可将元素周期表分为__________、__________、__________、__________和 f 区五个区，其各区的价电子通式为__________、__________、__________、__________、__________。

6. 基态氢原子中，离核愈近，电子出现的__________愈大，但是在离核距离为 52. 9pm 的薄球壳中电子出现的__________愈大。

7. 基态原子中 3d 能级半充满的元素是__________和__________。1 ~ 36 号元素中，基态原子核外电子中未成对电子最多的元素是__________。

8. NH_3分子，中心原子采取 sp^3杂化，其几何构型为__________，偶极矩__________。

9. 共价键具备__________和方向性两个特征，按照极性不同可以分为__________和非极性键。

10. 原子核外电子排布遵守三个原则，分别为：__________、__________和洪特规则。$_{17}Cl$ 原子的电子排布式为______________________________。

11. 同一周期元素变化规律从左到右元素的金属性__________，非金属性__________。

12. 核外电子的运动状态，可从四个方面来描述，即__________，__________，电子云的伸展方向，电子的自旋。

13. 某元素的原子序数为 20，它的电子排布式是__________，在周期表中属于__________周期。

14. K^+的电子排布式为____________________，其化合价为__________。

15. 同一周期元素的电负性从左到右依次__________，原子半径__________。

16. 同一周期元素的电负性从左到右依次__________，原子半径__________。

（三）简答题

1. 用四个量子数表示氮原子的 7 个电子的运动状态。

2. 下列哪些分子之间能够形成氢键，如果有氢键形成请说明氢键的类型。

（1）CH_3OH　（2）CH_4和 NH_3　（3）$C_2H_5OC_2H_5$　（4）$C_2H_5OC_2H_5$和 H_2O　（5）邻硝基苯酚

3. 判断下列各组物质中不同物质分子之间存在着何种分子间力。

（1）苯和四氯化碳　（2）氦气和水　（3）硫化氢和水　（4）CH_3OH（甲醇）和 H_2O

4. 为什么第 n 电子层有 n^2 个原子轨道，能容纳 $2n^2$ 个电子？

5. 写出下列元素的原子电子层结构，判断它们所在的周期和族：

(1) $_{13}Al$ (2) $_{24}Cr$ (3) $_{26}Fe$ (4) $_{14}Si$ (5) $_{47}Ag$ (6) $_{29}Cu$

6. 假定在下列电子的各组量子数中 n 正确，请指出哪几种不可能存在，为什么？

(1) $n=1$，$l=1$，$m=1$，$m_s=-1$。

(2) $n=2$，$l=2$，$m=-1$。

(3) $n=3$，$l=2$，$m=1$，$m_s=-1/2$。

(4) $n=2$，$l=0$，$m=0$，$m_s=0$。

(5) $n=2$，$l=0$，$m=-1$。

（四）综合题

1. 已知某元素的原子序数小于36，该元素的原子失去3个电子后，在其 $l=2$ 的轨道内电子恰为半充满。试推断此元素为何元素？

2. 有A，B，C，D，E，F元素，试按下列条件推断各元素在周期表中的位置、元素符号，给出各元素的价层电子构型。

(1) A，B，C为同一周期活泼金属元素，原子半径满足 $A>B>C$，已知C有3个电子层。

(2) D，E为非金属元素，与氢结合生成HD和HE。室温下D的单质为液体，E的单质为固体。

(3) F为金属元素，它有4个电子层并且有6个单电子。

3. 计算第三周期Na，Si，Cl三种元素的原子中，作用在外层电子上的有效核电荷 $Z*$，并解释其对元素性质的影响。

4. 试预测：

(1) 114号元素原子的电子分布，并指出它将属于哪个周期、哪个族？可能与已知元素的性质最为相似？

(2) 第七周期最后一种元素的原子序数是多少？

5. 写出原子序数为24的元素的名称，符号及其基态原子的电子排布式，并用四个量子数分别表示每个价电子的运动状态。

6. 下列说法正确与否？举例说明其原因。

(1) 极性分子只含极性共价键；非极性分子只含非极性共价键；

(2) 离子型化合物中不可能含有共价键；

(3) 色散力只存在于非极性分子之间。

7. 试用杂化轨道理论解释下列分子的成键情况与空间构型。

$BeCl_2$、BF_3、$SiCl_4$、PCl_5

二、自测题答案

（一）选择题

1. B 2. D 3. C 4. D 5. D 6. D 7. B 8. C 9. C 10. C

11. B　12. C　13. B　14. C　15. D　16. C　17. C　18. B　19. D　20. C
21. C　22. A　23. C　24. C

（二）填空题

1. 量子化，波粒二象性，光电效应实验；电子衍射实验
2. ds
3. 4，16
4. n（主量子数），n（主量子数）和 l（角量子数）.
5. s 区、p 区、d 区、ds 区，ns^{1-2}、ns^2np^{1-6}、　$(n-1)d^{0-10}ns^{0-2}$、　$(n-1)d^{10}ns^{1-2}$、$(n-2)^{f^{0-14}}$　$(n-1)d^{0-2}ns^2$
6. 概率密度，概率
7. Cr，Mn，Cr
8. 三角锥形，不为 0
9. 饱和性，极性键
10. 能量最低原理、鲍利不相容原理，Cl：$1s^2 2s^2 2p^6 3s^2 3p^5$
11. 逐渐减弱，逐渐增强
12. 电子层，电子亚层
13. $1s^22s^22p^63s^23p^64s^2$，4
14. $1s^22s^22p^63s^23p^64s^2$，4
15. 增强，逐渐减小
16. 增强，逐渐减小

（三）简答题

1. 答：N：$1s^22s^22p^3$

电子	n	l	m	m_s
1s	1	0	0	$+\frac{1}{2}$
1s	1	0	0	$-\frac{1}{2}$
2s	2	0	0	$+\frac{1}{2}$
2s	2	0	0	$-\frac{1}{2}$
2p	2	1	0	$+\frac{1}{2}$
2p	2	1	1	$+\frac{1}{2}$

2p　　2　1　-1　$+\frac{1}{2}$

2. 答：(1) 能，分子间氢键；(2) 不能；(3) 不能；(4) 能，分子间氢键；(5) 能，分子内氢键

3. 答：(1) 色散力；(2) 色散力、诱导力；(3) 色散力、诱导力、取向力；(4) 色散力、诱导力、取向力、氢键。

4. 答：电子层由主量子数 n 确定，而原子轨道必须由 n，l，m 量子数来确定。l 取值受 n 的制约，m 取值又受 l 的制约。第 n 电子层中，l 取 0 到 $(n-1)$ 的 n 个值，给出 n 个电子亚层；l 电子亚层中，m 取 $-l$ 到 $+l$ 的 $2l+1$ 个值，即 l 亚层共有 $2l+1$ 个原子轨道。所以第 n 电子层的原子轨道数按各亚层排列应该是：1 个、3 个、5 个、…、$2(n-1)+1=2n-1$ 个。现在求和这些奇数，得 n^2。一个原子轨道最多容纳自旋相反的两个电子，所以第 n 电子层的 n^2 个原子轨道能容纳 $2n^2$ 个电子。

5. 答：(1) $_{13}Al$　$1s^22s^22p^63s^23p^1$　　第三周期第ⅢA 族

(2) $_{24}Cr$　$1s^22s^22p^63s^23p^63d^54s^1$　第四周期第ⅥB 族

(3) $_{26}Fe$　$1s^22s^22p^63s^23p^63d^64s^2$　第四周期第Ⅷ族

(4) $_{14}Si$：$1s^22s^2sp^63s^23p^2$　第三周期第 IVA 族

(5) $_{47}Ag$　$1s^22s^22p^63s^23p^63d^{10}4s^24p^64d^{10}5s^1$　第五周期第ⅠB 族

(6) $_{29}Cu$：$1s^22s^22p^63s^23p^64s^13d^{10}$　第四周期第ⅠB 族

6. 答：(1)、(2)、(4)、(5) 组不能存在。因为：(1) $n=l$ 时，l 只能为 0，m 也只能为 0，m_s 能为 $+1/2$ 或 $-1/2$；在 (2) 中 $l=n$ 是不对的，l 只能是取小于 n 的正整数，故减小 l 或增大 n 均可；(4) $n=2$，l 只能为 0 或 1，m_s 只能为 1/2 或 −1/2。$n=2$，l 只能为 0 或 1；(5) 中，$|m|>l$ 是不对的，当 l 取值一定时，$|m|$ 最大和 l 的值相等，所以减小 $|m|$ 或增大 l 均可。

(四) 综合题

1. 元素的原子序数小于 36，则该元素位于第四周期或第四周期之前；$l=2$ 的轨道为 3d，半充满为 $3d^5$，则该元素的原子失去 3 个电子后的电子排布为 $1s^22s^22p^63s^23p^63d^5$；

该元素的原子在失去 3 个电子前的电子排布应为 $1s^22s^22p^63s^23p^63d^64s^2$；

所以，该元素为 Fe，原子序数为 26。

2. 见下表：

	周期	族	元素符号	价层电子构型
A	三	ⅠA	Na	$3s^1$
B	三	ⅡA	Mg	$3s^2$
C	三	ⅢA	Al	$3s^23p^1$
D	四	ⅦA	Br	$4s^24p^5$
E	五	ⅦA	I	$5s^25p^5$
F	四	ⅥB	Cr	$3d^54s^1$

3. Na：2.2　　Si：4.15　　Cl：6.1

有效核电荷越大，非金属性越强。

4. （1）114 号元素原子的电子分布式为：

$1s^22s^22p^63s^23p^63d^{10}4s^24p^64d^{10}4f^{14}5s^25p^65d^{10}5f^{14}6s^26p^66d^{10}7s^27p^2$

或［Rn］$5f^{14}6d^{10}7s^27p^2$，属于第七周期、Ⅳ族元素，与铅的性质最为相似。

（2）第七周期最后一种元素的原子电子分布式为：［Rn］$5f^{14}6d^{10}7s^27p^2$，原子序数为 118。

5. 3.24Cr：［Ar］$3d^54s^1$ 铬 Cr，价层电子结构为：$3d^54s^1$

3d 及 4s 轨道上的电子的 4 个量子数分别为：（3，2，－2，＋1/2），（3，2，－1，＋1/2），（3，2，0，＋1/2），（3，2，＋1，＋1/2），（3，2，＋2，＋1/2），（或 m_s 全为－1/2）；（4，0，0，＋1/2）（或 m_s 为－1/2）

6. （1）错。极性分子中可能含有非极性共价键，如 H_2O_2，CrO_5 都为极性分子，但分子中的过氧键的 2 个氧间形成的是非极性共价键。分子是否有极性不只是由化学键的极性来决定的，如 CCl_4，虽然 C—Cl 键为极性键，由于分子是正四面体型，4 个 C—Cl 键的偶极互相抵消，分子为非极性的。

（2）错。许多离子晶体中的阴离子为复杂阴离子，如 $KClO_4$，K^+ 与 ClO_4^- 以离子键结合，阴离子中 Cl—O 以共价键结合。

（3）错。色散力是瞬间偶极之间的相互作用力。色散力存在于一切分子之间，不只存在于非极性分子之间。对于大多数分子而言，分子间作用力以色散力为主。

7. （1）$BeCl_2$ 中心原子 Be，价电子构型 $2s^2$，$BeCl_2$ 中有两个配体。$BeCl_2$ 分子形成过程：

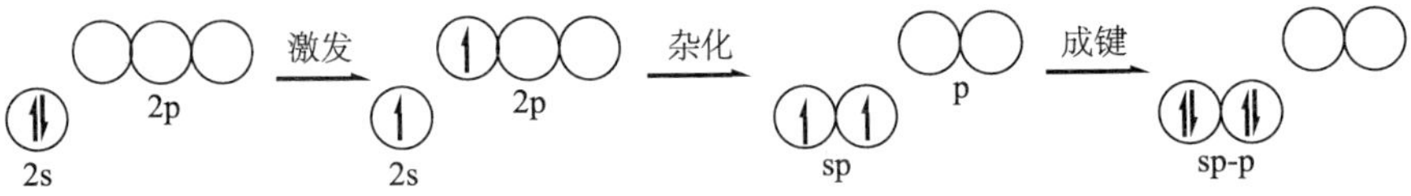

由于 Be 采取 sp 等性杂化，$BeCl_2$ 为直线形 Cl－Be－Cl。

（2）BF_3 中心原子 B，价层电子构型为 $2s^22p^1$，BF_3 中有 3 个配体。BF_3 分子形成过程：

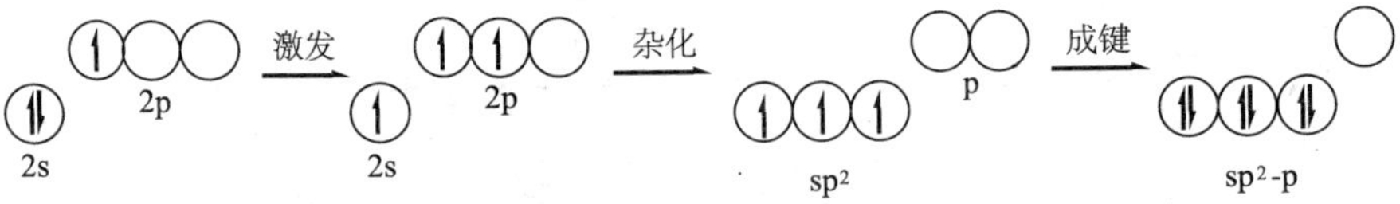

由于 B 采取 sp^2 等性杂化，BF_3 为平面三角形。

（3）$SiCl_4$ 中心原子 Si，价层电子构型为 $3s^23p^2$，价层有 2 个成单电子，而 $SiCl_4$ 中有 4 个配体，故中心原子在杂化前必激发 1 个电子。$SiCl_4$ 分子形成过程：

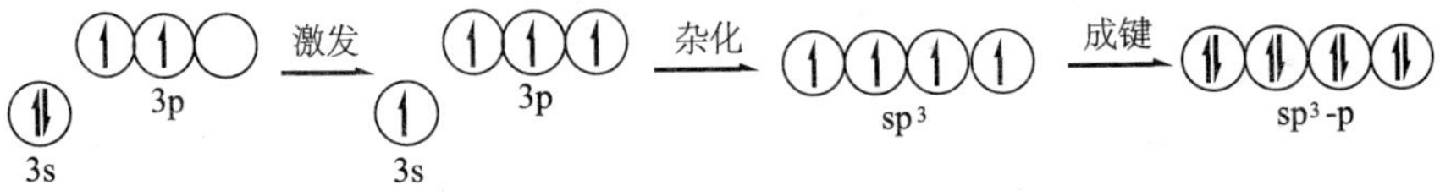

由于 Si 采取 sp^3 等性杂化，$SiCl_4$ 为正四面体。

（4）PCl_5 中心原子 P，价层电子构型为 $3s^23p^3$，价层有 3 个成单电子，而 PCl_5 中有 5 个配体，故中心原子在杂化前必激发一个电子。PCl_5 分子形成过程：

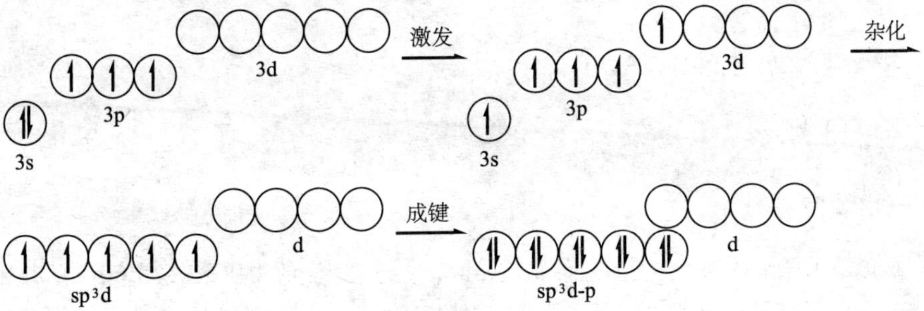

由于 P 采取 sp^3d 等性杂化，PCl_5 为三角双锥。

第5章 酸碱反应

一、自测题

（一）填空

1. 酸碱质子理论认为__________的物质是酸，__________的物质是碱。HCO_3^- 的共轭酸是__________，共轭碱是__________。水的共轭酸是__________，共轭碱是__________，所以水是两性物质。

2. 在500mL 0.10mol/L NaAc溶液中需加入0.10mol/L的HAc溶液__________ mL，才能使溶液pH值等于4.75；如若使溶液pH＝5.0，应加入0.10mol/LHAc溶液__________ mL。

3. 0.01mol/L的某酸性溶液，电离度是4.2%，则电离平衡常数是__________，pH值为__________。

4. K_i表示弱电解质的离解常数，对HAc而言，K_i ＝__________，K_i越小，表示离解程度越__________。

5. 在$NH_3 \cdot H_2O$中，加入电解质NH_4Cl时，$NH_3 \cdot H_2O$的离解度将__________，这种现象称为__________。在1 L 0.1mol/L HAc溶液中加入0.1mol/L NaCl时，HAc的离解度将__________，这种现象称为__________。

6. 欲配制HAc－NaAc缓冲溶液，使溶液的pH＝5.70，HAc和NaAc的比率应为__________，如溶液pH＝4.75，则HAc和NaAc的比率应为__________。

7. 某溶液中［H^+］＝1.0×10^{-2}mol/L，则其pH＝__________，［OH^-］＝__________。某溶液中［OH^-］＝1.0×10^{-5}mol/L，则此溶液的pH值为__________，pOH值为__________。

8. 具有__________作用的溶液叫做缓冲溶液，缓冲溶液由__________组成。缓冲溶液的pH值决定于__________和__________。

9. 浓度为0.010mol·dm^{-3}的某一元弱碱（$K_b^\theta = 1.0 \times 10^{-8}$）溶液，其pH＝__________，此碱的溶液与等体积的水混合后，pH＝__________。

10. 血液的pH值经常维持在7.35～7.45之间，如果pH＞7.45，则表现出__________症状，pH＜7.35，则表现出__________症状。在血浆的缓冲对中，最重要的是__________缓冲对。

11. H_2CO_3－$NaHCO_3$缓冲对中抗酸成分是__________，抗碱成分是__________。NaH_2PO_4－Na_2HPO_4缓冲对中抗酸成分是__________，抗碱成分是__________。$NH_3 \cdot H_2O$－NH_4Cl缓冲对中抗酸成分是__________，抗碱成分是__________。

12. 在22℃时，某溶液的pH＝3.27，则该溶液的［H_3O^+］是__________ mol/L，［OH^-］是__________ mol/L。

13. 0.10mol/L HAc溶液的pH值是__________，pOH值为__________。把0.4mol/L HAc和0.2mol/L NaOH等体积混合，溶液的pH值是__________，pOH值为__________。

14. 已知 18℃ 时水的 $K_w^\theta = 6.4 \times 10^{-15}$，此时中性溶液中 $c_{[H+]}$ 为__________，pH 值为__________。

15. 设 0.10mol/L 的 HAc 中 [H^+] 为 5.4×10^{-3} mol/L，此时 HAc 的电离度是__________%，pH 值为__________。

（二）选择题

1. 下列说法正确的是（　　）。

A. pH = 7 的盐的水溶液，表明该盐不发生水解

B. 阳离子水解总是显酸性，而阴离子水解必定显碱性

C. 浓度很大的酸或浓度很大的碱溶液没有缓冲作用

D. $H_2PO_4^-$ 和 HS^- 既是酸又是碱

2. 取 0.1mol/L HCl 1mL，加水稀释到 100mL 时，则该溶液的 pH 值是（　　）。

A. 1　　B. 3　　C. 4　　D. 5

3. NH_4^+ 的共轭碱是（　　）。

A. NH_3　　B. NH_2^-　　C. OH^-　　D. NaOH

4. 某弱酸 HA 的离解度为 α，在含有 1 摩尔的 HA 的水溶液中存在的未离解的分子和已离解的阴、阳离子的总的物质的量为（　　）摩尔。

A. α　　B. 1 + α　　C. 1 − α　　D. 1 + 2α

5. pH 值等于 6 的溶液中的 [H^+] 是 pH 值等于 3 的溶液的（　　）倍。

A. 3　　B. 1/3　　C. 1/1000　　D. 1000

6. 关于冰醋酸加水稀释后的变化，下列叙述正确的是（　　）。

A. 电离度增大，溶液中氢离子浓度增大

B. 电离度增大，溶液中氢离子浓度先增大后减小

C. 电离度减小，氢离子浓度也减小

D. 电离度增大，氢离子浓度、醋酸分子浓度都减小

7. 质子理论中，$NH_4^+ + OH^- = NH_3 + H_2O$ 体系内，属于酸的物种是（　　）。

A. NH_4^+　　B. OH^- 与 NH_3　　C. OH^- 与 NH_4^+　　D. NH_4^+ 与 H_2O

8. 1L 溶液中含有 0.1mol HAc 和 0.1mol 醋酸钠，该溶液的 pH 值是（　　）（已知 25℃ 时，醋酸的 $pK_a = 4.75$）。

A. 2.75　　B. 4.75　　C. 6.75　　D. 5.75

9. 0.10mol/L HAc 和 0.10mol/L NaAc 溶液各 100mL 混合后，溶液的 pH 值是（　　）（25℃ 时 HAc 的 $pK_a = 4.75$）。

A. 4.75　　B. 5.05　　C. 3.05　　D. 5.75

10. 现有一 HAc 溶液，电离度为 4.1%，则浓度为（　　）（已知 HAc 的 $K_a = 1.76 \times 10^{-5}$）。

A. 0.001　　B. 0.01　　C. 0.02　　D. 0.10

11. 0.1mol/L 的 $NH_3 \cdot H_2O$ 和 0.2mol/L 的 NH_4Cl 等体积混合后，溶液的 pH 值是（　　）（25℃时，$NH_3 \cdot H_2O$ 的 $pK_b = 4.75$）。

A. 5.05　　B. 4.75　　C. 9.55　　D. 8.95

12. 决定 $NaHCO_3-Na_2CO_3$缓冲体系 pH 值的因素是（　　）。

A. H_2CO_3的浓度　　B. H_2CO_3与 Na_2CO_3的浓度比

C. $NaHCO_3$与 Na_2CO_3的浓度比　　D. $NaHCO_3$的浓度

13. 要使 HAc－NaAc 缓冲体系的 pH 值变动 0.1～0.2 个单位，应改变（　　）。

A. HAc 的浓度　　B. NaAc 的浓度

C. HAc 与 NaAc 的浓度比　　D. HAc 的电离常数

14. 一定温度下，在纯水中加入少量酸或碱后，水的离子积将（　　）。

A. 增大　　B. 减小　　C. 增大或减小　　D. 不变

15. 0.05mol/L $NH_3 \cdot H_2O$ 溶液加溶质使浓度变为 0.1mol/L，该溶液（　　）。

A. 电离常数增大　　B. 单位体积内离子数增多

C. 电离度增大　　D. 不是以上情况

16. 在 $NH_3 \cdot H_2O$ 中加入（　　）会产生同离子效应。

A. H_2O　　B. NaCl　　C. NH_4Cl　　D. HCl

17. 下列混合溶液中（　　）是缓冲溶液。

A. 100mL 0.1mol/L 的 HCl 与 50mL 0.2mol/L 的 NaOH 混合

B. 50mL 0.1mol/L 的 HOAc 与 100mL 0.1mol/L 的 NaOH 混合

C. 100mL 0.1mol/L 的 HOAc 与 50mL 0.1mol/L 的 NaOH 混合

D. 100mL 0.1mol/L 的 HOAc 与 50mL 0.1mol/L 的 HCl 混合

18. 按质子理论 H_2S 是（　　）。

A. 酸　　B. 碱　　C. 两者均有可能　　D. 两者均不是

19. 若酸碱反应 $HA + B^- \rightarrow HB + A^-$ 的 $K = 10^{-4}$，下列说法正确的是（　　）。

A. HB 是比 HA 强的酸　　B. HA 是比 HB 强的酸

C. HA 和 HB 酸性相同　　D. 酸的强度无法比较

20. 在 298K100ml 0.10mol/L HAc 溶液中，加入 1 克 NaAc 后，溶液的 pH 值（　　）。

A. 升高　　B. 降低　　C. 不变　　D. 不能判断

21. 人的血液中，$[H_2CO_3] = 1.25 \times 10^{-3}$mol/L（含 CO_2），$[HCO_3^-] = 2.5 \times 10^{-2}$mol/L. 假设平衡条件在体温（37℃）与 25℃相同，则血液的 pH 值是（　　）。

A. 7.5　　B. 7.67　　C. 7.0　　D. 7.2

22. 1 将浓度相同的 NaCl，NH_4Ac，NaAc 和 NaCN 溶液，按它们的 $c[H^+]$ 从大到小排列的顺序为：（　　）。

A. NaCl > NaAc > NH_4Ac > NaCN　　B. NaAc > NaCl > NH_4Ac > NaCN

C. NaCl > NH_4Ac > NaAc > NaCN　　D. NaCN > NaAc > NaCl > NH_4Ac

23. 在 HAc—NaAc 组成的缓冲溶液中，若 $c[HAc] > c[Ac^-]$，则缓冲溶液抵抗酸或碱的能力为（　　）。

A. 抗酸能力 > 抗碱能力　　B. 抗酸能力 < 抗碱能力

C. 抗酸碱能力相同　　D. 无法判断

24. 下列说法正确的是（　　）。

A. 稀释可以使醋酸的电离度增大，因而可使其酸度增强

B. 缓冲溶液是能消除外来酸碱影响的一种溶液

C. 某些盐类的水溶液常呈现酸碱性，可以用它来代替酸碱使用

D. 水解过程就是水的自偶电离过程

(三) 计算题

1. 现经实验测得三人血浆中 HCO_3^- 和 CO_2 的浓度如下（$pK_a = 6.1$）:

甲 $[HCO_3^-] = 24.00mmol/L$ $[CO_2]$ 溶解 $= 1.20mmol/L$

乙 $[HCO_3^-] = 21.60mmol/L$ $[CO_2]$ 溶解 $= 1.35mmol/L$

丙 $[HCO_3^-] = 56.00mmol/L$ $[CO_2]$ 溶解 $= 1.40mmol/L$

试求此三人血浆的 pH 值，并判断何人为正常人，何人为酸中毒病人，何人为碱中毒病人。

2. 已知氨水在 25℃时平衡常数 $K_b = 1.76 \times 10^{-5}$，试求：

(1) 0.100mol/L 氨水中的氢氧根离子浓度。

(2) 0.100mol/L 氨水在 25℃时的电离度。

(3) 溶液中的氢离子浓度和 pH 值。

3. 用同浓度的 HOAc 和 NaOAc 溶液配成缓冲溶液，使溶液 $[H^+]$ 为 2.0×10^{-6} mol/L，问 HAc 和 NaOAc 溶液的体积比应该是多少？（$pK_a = 4.75$）

4. 分别计算下列混合溶液的 pH 值：

① 50.0mL0.200mol. L^{-1} NH_4Cl 和 50.0mL0.200mol. L^{-1} NaOH

② 50.0mL0.200mol. L^{-1} NH_4Cl 和 25.0mL0.200mol. L^{-1} NaOH

③ 25.0mL0.200mol. L^{-1} NH_4Cl 和 50.0mL0.200mol. L^{-1} NaOH

④ 20.0mL1.00mol. L^{-1} $H_2C_2O_4$ 和 30.0mL1.00mol. L^{-1} NaOH

5. 将 Na_2CO_3 和 $NaHCO_3$ 混合物 30g 配成 1L 溶液，测得溶液的 pH = 10.62。计算溶液含 Na_2CO_3 和 $NaHCO_3$ 各多少克？

二、自测题答案

(一) 填空题

1. 凡能释放质子，凡能接受质子，H_2CO_3，CO_3^{2-}，H_3O^+，OH^-

2. 500，282

3. 1.76×10^{-5}，pH = 3.38

4. $[H^+][Ac^-]/[HAc]$，小

5. 减小，同离子效应，增大，盐效应

6. 1/9，1

7. 2，1.0×10^{-12}mol/L，9，5

8. 缓冲，抗酸成分和抗碱成分，pK_a，[共轭碱] / [共轭酸]

9. 9.0，8.85

10. 碱中毒，酸中毒，$H_2CO_3 - NaHCO_3$

11. HCO_3^-，H_2CO_3，HPO_4^{2-}，$H_2PO_4^-$，$HN_3 \cdot H_2O$，NH_4Cl

12. 5.4×10^{-4}，1.9×10^{-11}

13. 2.88，11.12，pH = 4.75，9.25

14. 8×10^{-8}，7.10

15. 5.4%，2.27

(二) 选择题

1. D 2. B 3. A 4. B 5. C 6. B 7. D 8. B 9. A 10. B

11. D　12. C　13. C　14. D　15. B　16. C　17. C　18. A　19. A　20. A
21. B　22. C　23. B　24. D

（三）计算题

1. $$pH = pK_a + \lg\frac{[HCO_3^-]}{[CO_2]}$$

甲：$pH = 6.1 + \lg\frac{24}{1.20} = 7.4$

乙：$pH = 6.1 + \lg\frac{21.6}{1.35} = 7.3$

丙：$pH = 6.1 + \lg\frac{56}{1.40} = 7.7$

甲为正常人，乙为酸中毒，丙为碱中毒。

2. (1) $[OH^{-1}] = \sqrt{K_b \cdot c} = \sqrt{1.76 \times 10^{-5} \times 0.100} = 1.33 \times 10^{-3}$ mol/L

(2) $\propto = \frac{[OH^-]}{c} = \frac{1.33 \times 10^{-3}}{0.100} \times 100\% = 1.33\%$

(3) $[H^+] = \frac{K_w}{[OH^-]} = \frac{1.0 \times 10^{-14}}{1.33 \times 10^{-3}} = 7.52 \times 10^{-12}$ mol/L

$pH = -\lg[H^+] = -\lg 7.52 \times 10^{-12} = 11.12$

3. $[H^+] = 2.0 \times 10^{-6}$ mol/L　　$pH = -\lg 2.0 \times 10^{-6} = 5.70$

$$pH = pK_a + \lg\frac{[NaOAc]}{[HOAc]}$$

$$5.70 = 4.75 + \lg\frac{[NaOAc]}{[HOAc]}$$

$$\frac{[NaOAc]}{[HOAc]} = 9$$

$$\because \frac{[NaOAc]}{[HOAc]} = \frac{c_{NaOAc} \times V_{NaOAc}}{c_{HOAc} + V_{HOAc}} = 9$$

$$\therefore \frac{V_{NaOAc}}{V_{HOAc}} = 9$$

4. ①完全反应，生成氨水。

$[OH^-] = \sqrt{0.1 \times 1.77 \times 10^{-5}} = 1.33 \times 10^{-3}$ mol. L^{-1}

$pOH = 2.88$　　　　$pH = 11.12$

②剩余的 NH_4Cl 和生成的氨水组成缓冲体系

$K_a = \frac{1.0 \times 10^{-14}}{1.77 \times 10^{-5}} = 5.6 \times 10^{-10}$　　　　$pH = pK_a = 9.25$

③碱度取决于过剩的碱

$[OH^-] = \frac{25.0}{75.0} \times 0.2 = 0.067$ mol. L^{-1}

$pOH = 1.17$　　　　$pH = 12.83$

④$H_2C_2O_4 + NaOH = NaHC_2O_4 + H_2O$　剩余 10mLNaOH

$NaHC_2O_4 + NaOH = Na_2C_2O_4 + H_2O$

反应产生的 $Na_2C_2O_4$ 与剩余的 $NaHC_2O_4$ 组成缓冲体系

$pH = pK_2 = 4.19$

5. 设 $NaHCO_3$ 含 x 克

$$10.62 = 10.25 - \lg \frac{x/84}{(30 - x)/106} \qquad x = 7.59\text{g}$$

则 Na_2CO_3 为：　　30 － 7.59 = 22.41g

第6章　沉淀反应

一、自测题

（一）简答题

1. 解释下列现象

（1）AgCl 在纯水中的溶解度比在稀盐酸中的溶解度大。

（2）$BaSO_4$在硝酸中的溶解度比在纯水中的溶解度大。

（3）PbS 在盐酸中的溶解度比在纯水中的溶解度大。

（4）Ag_2S 易溶于硝酸但难溶于硫酸。

（5）HgS 难溶于硝酸但易溶于王水。

2. 什么是沉淀转化？举例说明沉淀转化的条件。

3. 回答下列问题：

（1）“沉淀完全”的含义是什么？沉淀完全是否意味着溶液中该离子的浓度为零？

（2）两种离子完全分离的含义是什么？欲实现两种离子的完全分离通常采取哪些方法？

4. 已知 $K^{\theta}_{sp,BaC_2O_4}=1.6\times10^{-7}$，$K^{\theta}_{sp,BaCO_3}=2.58\times10^{-9}$，$K^{\theta}_{sp,BaSO_4}=1.07\times10^{-10}$，$K^{\theta}_{sp,CaSO_4}=7.10\times10^{-5}$，$K^{\theta}_{sp,CaCO_3}=4.96\times10^{-9}$。在粗食盐提纯中，为除去所含的 SO_4^{2-}，应加入何种沉淀试剂？过量的沉淀试剂又应如何处理，以便使 NaCl 中不引进新的杂质。

5. 在含有固体 AgCl 的饱和溶液中，分别加入下列物质，对 AgCl 的溶解度有什么影响，并加以解释：（1）盐酸　（2）$AgNO_3$　（3）KNO_3　（4）氨水

6. 已知 $K^{\theta}_{sp,Ag_2SO_4}=1.2\times10^{-5}$，$K^{\theta}_{sp,Ag_2CO_3}=8.45\times10^{-12}$，$K^{\theta}_{sp,AgCl}=1.77\times10^{-10}$，$K^{\theta}_{sp,AgI}=8.51\times10^{-17}$，$K^{\theta}_{sp,Ag_2CrO_4}=1.12\times10^{-12}$，$K^{\theta}_{sp,Ag_2S}=6.69\times10^{-50}$。

将上述各银盐在水中溶解度由大到小的顺序进行排列。

7. 为了使沉淀定量完全，必须加入过量沉淀剂，为什么又不能过量太多？

（二）计算题

1. 在室温下，$BaSO_4$的溶度积为 1.07×10^{-10}，计算每升饱和溶液中含 $BaSO_4$多少克？

2. 向含有 $1.0\times10^{-4}mol\cdot L^{-1}$ NaI 及 NaCl 的溶液中逐滴加入 $AgNO_3$，问哪个沉淀先析出？

3. 在 Cl^- 和 ${CrO_4}^{2-}$ 离子浓度都是 $0.100mol\cdot L^{-1}$ 的混合溶液中逐滴加入 $AgNO_3$溶液（忽略体积变化），问 AgCl 和 Ag_2CrO_4哪一种先沉淀？当 Ag_2CrO_4开始沉淀时，溶液中 Cl^- 离子浓度是多少？

4. 已知 $Mg(OH)_2$的溶度积为 1.2×10^{-11}，问在它的饱和溶液中，$[Mg^{2+}]$ 和 $[OH^-]$ 各为多少？

5. 在某酸性溶液中含有 Fe^{3+} 和 Fe^{2+}，它们的浓度均为 $1.00mol\cdot L^{-1}$ 向溶液中加碱（忽略体积

变化)，使其 pH = 3.00，该溶液中残存的 Fe^{3+} 和 Fe^{2+} 离子浓度各为多少?

6. 已知 ZnS 的 K_{sp} 是 2.5×10^{-22}，H_2S 的 $K_1=9.1\times10^{-8}$, $K_2=1.1\times10^{-12}$。在 291K 时，往含有 0.10mol·L^{-1} Zn^{2+} 的溶液中通入 H_2S 气体达到饱和，求 ZnS 开始沉淀和沉淀完全时，溶液中的氢离子浓度各是多少?

7. 计算下列各反应的平衡常数，并估计反应的方向。

(1) 已知 $K_{sp,PbS}=9.04\times10^{-29}$; $K_{a,HAc}=1.76\times10^{-5}$。求 PbS(s) + 2HAc; Pb^{2+} + H_2S + $2Ac^-$ 的平衡常数。

(2) 已知 $K_{sp,CuS}=1.27\times10^{-36}$; H_2S 的 $K_1=9.1\times10^{-8}$, $K_2=1.1\times10^{-12}$。求 Cu^{2+} + H_2S · $CuS_{(s)}$ + $2H^+$ 的平衡常数。

8. 在 0.1mol·L^{-1}HAc 和 0.1mol·$L^{-1}$$CuSO_4$溶液中通入 H_2S 达饱和，是否有 CuS 沉淀生成?

9. 一种混合离子溶液中含有 0.020mol·$L^{-1}$$Pb^{2+}$ 和 0.010mol·$L^{-1}$$Fe^{3+}$，若向溶液中逐滴加入 NaOH 溶液（忽略加入 NaOH 后溶液体积的变化)，问:(1) 哪种离子先沉淀?(2) 欲使两种离子完全分离，应将溶液的 pH 值控制在什么范围?

10. 用 0.10mol·$L^{-1}$$Na_2CO_3$溶液 200mL 处理 $BaSO_4$沉淀，可使多少克 $BaSO_4$转化为 $BaCO_3$?

11. 计算在 0.010mol·L^{-1}的盐酸水溶液中 $CaCO_3$的溶解度。

12. Ag_2CrO_4沉淀在（1）0.0010$AgNO_3$mol/L 溶液中，(2) 0.0010mol/LK_2CrO_4溶液中，溶解度何者为大?

二、自测题答案

(一) 简答题

1. 答:(1) 在稀盐酸中存在同离子效应，比在纯水中的溶解度小。

(2) 由于酸效应的存在，比在水中的溶解度大。

(3) 由于酸效应的存在，比在水中的溶解度大。

(4) 由于硝酸的氧化性，S^{2-} 被氧化成 S，使 S^{2-} 的浓度大大降低，溶解度变大。

(5) 因为 HgS 的溶解度极小，只用硝酸的氧化性难于溶解。用王水时，除了硝酸的氧化性以外，还可利用 Cl^- 与 Hg^{2+} 的配合作用降低 Hg^{2+} 的浓度，所以可溶于王水中。

2. 答：一种沉淀转化为另一种沉淀的现象为沉淀转化。

例如：$CaSO_4$ (s) + CO_3^{2-} $\rightleftharpoons$ $CaCO_3$ (s) + SO_4^{2-}

$K^{\theta}_{sp,CaSO_4}=7.10\times10^{-5}$，$K^{\theta}_{sp,CaCO_3}=4.96\times10^{-9}$

一般溶度积常数较大的沉淀转化为溶度积常数较小的沉淀，两者差值越大转化越完全。

3. 答:(1) 沉淀完全是指溶液中该离子的浓度小于 1.0×10^{-5}mol·L^{-1}，所以沉淀完全时该离子浓度并不等于零。

(2) 两种离子完全分离的含义是一种离子完全沉淀时，另外一种离子还没有析出沉淀。为了完全分离混合离子，常采用控制溶液酸度或逐滴加入沉淀剂的方法。

4. 答：可加入过量 $BaCl_2$沉淀剂，使生成 $BaSO_4$难溶盐。过量的 Ba^{2+}，可加入 Na_2CO_3，以 $BaCO_3$沉淀形式分离。过量的 CO_3^{2-}，可用盐酸中和，加热，放出 CO_2消除。

5. 答：由 AgCl (s) $\rightleftharpoons$ Ag^+ + Cl^-

（1）加入盐酸，溶液中 Cl^- 浓度增大（同离子效应），使 $J>K_{sp}$，平衡左移，AgCl 的溶解度减小。

（2）加入 $AgNO_3$，溶液中 Ag^+ 浓度增大（同离子效应），使 $J>K_{sp}$，平衡左移，溶解度减小。

（3）加入 KNO_3，由于溶液中离子数目增大，离子强度增大，降低了溶液中离子的有效浓度（盐效应）使平衡右移，AgCl 溶解度稍有增加。

（4）加入氨水，溶液中 Ag^+ 与 NH_3 生成 $[Ag(NH_3)_2]^+$ 配离子，降低了溶液中 Ag^+ 浓度，平衡右移，使 AgCl 的溶解度增大。

6. 答：Ag_2SO_4 > Ag_2CO_3 > Ag_2CrO_4 > AgCl > AgI > Ag_2S

$s/mol\cdot L^{-1}$：1.44×10^{-2}　1.28×10^{-4}　6.54×10^{-5}　1.33×10^{-5}　9.22×10^{-9}　2.56×10^{-17}

7. 答：在重量分析法中，为使沉淀完全，常加入过量的沉淀剂，这样可以利用共同离子效应来降低沉淀的溶解度。沉淀剂过量的程度，应根据沉淀剂的性质来确定。若沉淀剂不易挥发，应过量20%～50%；若沉淀剂易挥发，则可过量多些，甚至过量100%。但沉淀剂不能过量太多，否则可能发生盐效应、配位效应等，反而使沉淀的溶解度增大。

（二）计算题

1. 解：$BaSO_{4(s)} \rightleftharpoons Ba^{2+} + SO_4^{2-}$

$\qquad\qquad\qquad\quad s \qquad s$

$K_{sp}=[Ba^{2+}][SO_4^{2-}]=s^2$

$[BaSO_4]=[Ba^{2+}]=[SO_4^{2-}]=s=\sqrt{K_{sp,BaSO_4}}=\sqrt{1.07\times10^{-10}}$

$=1.034\times10^{-5}mol\cdot L^{-1}=2.41\times10^{-3}g\cdot L^{-1}$

2. 解：因为 $K^\theta_{sp,AgCl}=1.77\times10^{-10}>K^\theta_{sp,AgI}=8.51\times10^{-17}$，所以 AgI 沉淀先析出。

3. 解：沉淀 Cl^- 所需 Ag^+ 最低浓度为：

$$[Ag^+]=\frac{K_{sp,AgCl}}{[Cl^-]}=\frac{1.56\times10^{-10}}{0.100}=1.56\times10^{-9}mol\cdot L^{-1}$$

沉淀 CrO_4^{2-} 所需 Ag^+ 最低浓度为：

$$[Ag^+]=\sqrt{\frac{K_{sp,Ag_2CrO_4}}{[CrO_4^{2-}]}}=\sqrt{\frac{9\times10^{-12}}{0.100}}=9.49\times10^{-6}mol\cdot L^{-1}$$

∵ 沉淀 Cl^- 所需 Ag^+ 的浓度小于沉淀 $C_rO_4^{2-}$ 所需 Ag^+ 的浓度，故 AgCl 沉淀先生成。

当 Ag_2CrO_4 开始沉淀时，溶液中 $[Ag^+]=9.49\times10^{-6}mol\cdot L^{-1}$

$$\therefore [Cl^-]=\frac{K_{sp,AgCl}}{[Ag^+]}=\frac{1.56\times10^{-10}}{9.49\times10^{-6}}=1.64\times10^{-5}mol\cdot L^{-1}$$

4. 解：由 $Mg(OH)_{2(s)} \rightleftharpoons Mg^{2+} + 2OH^-$

$\qquad\qquad\qquad\qquad s \qquad 2s$

$\because K_{sp}=s\cdot(2s)^2=4s^3$

$$s=\sqrt[3]{\frac{K_{sp,Mg(OH)_2}}{4}}=1.4\times10^{-4}mol\cdot L^{-1}$$

$\therefore [Mg^{2+}]=s=1.4\times10^{-4}mol\cdot L^{-1}$　　$[OH^-]=2s=2.8\times10^{-4}mol\cdot L^{-1}$

5. 解：当 $pH=3.00$　　$pOH=14.00-3.00=11.00$

$[OH^-]=1.0\times10^{-11}(mol\cdot L^{-1})$

（1）对于 Fe^{2+}

$\because J=(Fe^{2+})\cdot(OH^-)^2=1.0\times(1.0\times10^{-11})^2=1.0\times10^{-22}$

$J<K_{sp,Fe(OH)2}$　　$\therefore$ 溶液中无 $Fe(OH)_2$ 沉淀生成。

$\therefore [Fe^{2+}]=1.00mol\cdot L^{-1}$

（2）对于 Fe^{3+}

$\because J=(Fe^{3+})\cdot(OH^-)^3=1.00\times(1.0\times10^{-11})^3=1.0\times10^{-33}$　　$J>K_{sp,Fe(OH)3}$

$\therefore$ 有 $Fe(OH)_3$ 沉淀生成，当沉淀逐渐析出，最终达到平衡时：

$K_{sp,Fe(OH)3}=[Fe^{3+}]\cdot[OH^-]^3$　　$[Fe^{3+}]=\frac{K_{sp,Fe(OH)3}}{[OH^-]^3}=\frac{1.1\times10^{-36}}{(1.0\times10^{-11})^3}=1.1\times10^{-3}mol\cdot L^{-1}$

6. 解：（1）ZnS 开始沉淀时

$$[S^{2-}]=\frac{K_{sp,ZnS}}{[Zn^{2+}]}=\frac{2.5\times10^{-22}}{0.10}=2.5\times10^{-21}mol\cdot L^{-1}$$

H_2S　　$2H^+$　+　S^{2-}

0.1　　　x　　　2.5×10^{-21}

$$K=K_{a_1}\cdot K_{a_2}=\frac{[H^+]^2[S^{2-}]}{[H_2S]}$$

$$\therefore [H^+]=\sqrt{\frac{K_{a_1}\cdot K_{a_2}\cdot[H_2S]}{[S^{2-}]}}=\sqrt{\frac{9.1\times10^{-8}\times1.1\times10^{-12}\times0.1}{2.5\times10^{-21}}}=2.0mol\cdot L^{-1}$$

（2）Zn^{2+} 沉淀完全时，$[Zn^{2+}]=10^{-5}mol\cdot L^{-1}$

$$[S^{2-}]=\frac{K_{sp,ZnS}}{[Zn^{2+}]}=\frac{2.5\times10^{-22}}{10^{-5}}=2.5\times10^{-17}mol\cdot L^{-1}$$

$$[H^+]=\sqrt{\frac{K_{a_1}\cdot K_{a_2}\cdot[H_2S]}{[S^{2-}]}}=\sqrt{\frac{9.1\times10^{-8}\times1.1\times10^{-12}\times0.1}{2.5\times10^{-17}}}=0.020mol\cdot L^{-1}$$

7. 解：（1）$PbS_{(s)}+2HAc \rightleftharpoons Pb^{2+}+H_2S+2Ac^-$

$$K=\frac{[Pb^{2+}][H_2S][Ac^-]^2}{[HAc]^2}=\frac{[pb^{2+}][H_2S][Ac^-]^2}{[HAc]^2}\cdot\frac{[S^{2-}]}{[S^{2-}]}\cdot\frac{[H^+]^2}{[H^+]^2}$$

$$=[Pb^{2+}][S^{2-}]\cdot\frac{[H^+]^2[Ac^-]^2}{[HAc]^2}\cdot\frac{1}{\frac{[S^{2-}][H^+]^2}{[H_2S]}}=\frac{K_{sp,PbS}\cdot K_{a,HAc}^2}{K_{a_1,H_2S}\cdot K_{a_2,H_2S}}$$

$$=\frac{9.04\times10^{-29}\times(1.76\times10^{-5})^2}{9.1\times10^{-8}\times1.1\times10^{-12}}=2.77\times10^{-19}$$

反应应朝左进行，即朝生成 PbS 的沉淀方向。

（2）$K=\frac{K_{a_1,H_2S}\cdot K_{a_2,H_2S}}{K_{sp,CuS}}=\frac{9.1\times10^{-8}\times1.1\times10^{-12}}{1.27\times10^{-36}}=7.88\times10^{16}$

反应应朝右，即朝生成 CuS 沉淀方向进行。

8. 解：$[H^+]=\sqrt{0.1\times1.76\times10^{-5}}=1.33\times10^{-3}mol\cdot L^{-1}$

$$[S^{2-}]=\frac{K_1K_2[H_2S]}{[H^+]^2}$$

$$=\frac{5.7\times10^{-8}\times1.2\times10^{-15}\times0.1}{(1.33\times10^{-3})^2}=3.9\times10^{-18}\text{mol}\cdot\text{L}^{-1}$$

$J=[Cu^{2+}][S^{2-}]=0.1\times3.9\times10^{-18}=3.9\times10^{-19}$

$\because$ $J>K_{sp}=1.27\times10^{-36}$ $\therefore$ 有沉淀生成

9. 解：已知 $K^{\theta}_{sp,Pb(OH)_2}=1.6\times10^{-17}$，　$K^{\theta}_{sp,Fe(OH)_3}=2.64\times10^{-39}$

（1）沉淀 Pb^{2+} 所需 $[OH^-]=\sqrt{\frac{K^{\theta}_{sp}}{[Pb^{2+}]}}=\sqrt{\frac{1.6\times10^{-17}}{0.02}}=2.83\times10^{-8}(\text{mol}\cdot\text{L}^{-1})$，　pH = 7.55

沉淀 Fe^{3+} 所需 $[OH^-]=\sqrt[3]{\frac{K^{\theta}_{sp}}{[Fe^{3+}]}}=\sqrt[3]{\frac{2.64\times10^{-39}}{0.01}}=6.41\times10^{-13}(\text{mol}\cdot\text{L}^{-1})$，　pH = 1.81

Fe^{3+} 生成沉淀所需的 $[OH^-]$ 更小，所以 Fe^{3+} 先沉淀。

（2）要使 Fe^{3+} 沉淀完全，其浓度应达到 $1.0\times10^{-5}\text{mol}\cdot\text{L}^{-1}$

则应满足　$[OH^-]\geqslant\sqrt[3]{\frac{K^{\theta}_{sp,Fe(OH)_3}}{[Fe^{3+}]}}=\sqrt[3]{\frac{2.64\times10^{-39}}{1.0\times10^{-5}}}=6.42\times10^{-12}(\text{mol}\cdot\text{L}^{-1})$

故　　pOH ≤ 11.19，　pH ≥ 2.81

$\because$ Pb^{2+} 生成沉淀所需 pH = 7.55

$\therefore$ 使 Fe^{3+} 沉淀完全，而 Pb^{2+} 不生成沉淀，即两种离子完全分离的条件为 pH 控制在 2.81 ~7.55 之间。

10. 解：已知 $K^{\theta}_{sp,BaSO_4}=1.07\times10^{-10}$，　$K^{\theta}_{sp,BaCO_3}=2.58\times10^{-9}$

设转化反应达平衡时 $[SO_4^{2-}]=x\text{mol}\cdot\text{L}^{-1}$，由于沉淀转移反应为

$BaSO_4+CO_3^{2-}=BaCO_3+SO_4^{2-}$，

平衡浓度　　$0.10-x$　　x

则此转化反应的平衡常数为：

$$K^{\theta}=\frac{[SO_4^{2-}]}{[CO_3^{2-}]}=\frac{x}{0.1-x}=\frac{K^{\theta}_{sp,BaSO_4}}{K^{\theta}_{sp,BaCO_3}}=\frac{1.07\times10^{-10}}{2.58\times10^{-9}}=0.041$$

可求得 $x=3.98\times10^{-3}$（mol · L^{-1}）

转化的 $BaSO_4$ 沉淀的质量为：

$m=3.98\times10^{-3}\text{mol}\cdot\text{L}^{-1}\times0.2\text{L}\times233.4\text{g}\cdot\text{mol}^{-1}=0.186$（g）

11. 解：溶解反应为：

$$CaC_3\text{(s)}+2H^+\text{(aq)}=Ca^{2+}\text{(aq)}+H_2CO_3\text{(aq)}$$

该溶解反应的平衡常数可写成：　$K^{\theta}=\frac{[Ca^{2+}][H_2CO_3]}{[H^+]^2}=\frac{K^{\theta}_{sp}}{K^{\theta}_{a1}\cdot K^{\theta}_{a2}}$

因为 HCl 浓度较小，故 H_2CO_3 不会分解逸出。（298K 时，H_2CO_3 的饱和浓度约为 0.4mol · L^{-1}）

设 $CaCO_3$ 的溶解度为 $s$mol · L^{-1}

$CaCO_3\text{(s)}+2H^+\text{(aq)}=$　$Ca^{2+}\text{(aq)}+H_2CO^3\text{(aq)}$

平衡浓度/mol · L^{-1}　　$0.010-2s$　　s　　s

$$\frac{s^2}{(0.010-2s)^2}=\frac{4.96\times10^{-9}}{4.2\times10^{-7}\times5.6\times10^{-11}}=1.97\times10^{8}$$

$$\frac{s}{0.010-2s}=1.40\times10^{4},$$

求得溶解度　$s=5.0\times10^{-3}(\mathrm{mol\cdot L^{-1}})$

12. 解：在 0.0010mol/L$AgNO_3$溶液中，$[CrO_4{}^{2-}]=s_1$，$[Ag^+]=2s_1+0.0010$

$\because 2s_1<<0.0010$,

$\therefore\quad S_1=K_{sp}/[Ag^+]^2=2.0\times10^{-12}/0.001^2=2.0\times10^{-6}\mathrm{mol/L}$

0.0010mol/LK_2CrO_4溶液中，$[Ag^+]=2s_2$，$[CrO_4{}^{2-}]=s_2+0.0010$，因为 $s_2<<0.0010$，

$$\therefore\quad s_2=\sqrt{\frac{K_{sp(Ag_2CrO_4)}}{[CrO_4{}^{2-}]}}=\sqrt{\frac{2.0\times10^{-12}}{0.001\times4}}=2.2\times10^{-5}\mathrm{mol/L}$$

后者溶解度大。

第7章　氧化还原反应及电化学基础

一、自测题

（一）填空题

1. 凡有__________的化学反应叫做氧化还原反应。在氧化还原反应中，电子是从还原剂中转移到__________中。

2. 物质__________电子的反应称作氧化反应，物质__________电子的反应称作还原反应。

3. 在 $H_2O_2 + 2HI = 2H_2O + I_2$ 中，碘元素的化合价升高，该元素的原子__________电子，被__________。

4. 在 $H_2O_2 + 2HI = 2H_2O + I_2$ 中，氧元素的化合价降低，该元素的原子__________电子，被__________。

5. 在 $H_2O_2 + 2HI = 2H_2O + I_2$ 中，HI 是还原剂，它发生了__________反应，__________是氧化剂，它发生了还原反应。

6. 在 $2Cu + O_2 = 2CuO$ 的反应中，铜从 0 价升高到 +2 价，说明每个铜原子__________2 个电子；氧从 0 价降低到 −2 价，说明每个氧原子__________2 个电子。

7. $3Cu + 8HNO_3 = 3Cu(NO_3)_2 + 2NO + 4H_2$ 中，氧化产物是__________，还原产物是__________。

（二）选择题

1. 下列反应中属于氧化还原反应的是（　　）。

A. $NaOH + HCl = NaCl + H_2O$　　B. $K_2O + H_2O = 2KOH$

C. $Cl_2 + H_2O = HCl + HClO$　　D. $BaCl_2 + H_2SO_4 = BaSO_4\downarrow + 2HCl$

2. 下列说法正确的是（　　）。

A. 置换反应一定是氧化还原反应　　B. 化合反应一定是氧化还原反应

C. 分解反应没有氧化还原反应现象　　D. 复分解反应常伴有氧化还原反应

3. 以下说法错误的是（　　）。

A. H_2O 既可作氧化剂也可作还原剂　　B. I^- 的还原性比 Br^- 强

C. $3NO_2 + H_2O = 2HNO_3 + NO\uparrow$ 是氧化还原反应　　D. Na 既有氧化性又有还原性

4. 下列各反应中一定是氧化还原反应的为（　　）。

A. 分解反应　　B. 置换反应

C. 化合反应　　D. 复分解反应

5. 在反应 $H_2S + Cl_2 = 2HCl + S\downarrow$ 中，下列说法错误的是（　　）。

A. 反应中，H_2S 中的 S^{2-} 失去电子，H_2S 是还原剂

B. Cl_2中氯原子获得电子，是氧化剂

C. 反应中，H_2S 的中 S^{2-} 失去电子，S^{2-} 是还原剂

D. 电子是从 S^{2-} 转移到 Cl_2 中

6. 四种单质 X_2，Y_2，Z_2，W_2，发生下列反应：

① $2Y^- + W_2 = 2W^- + Y_2$　② $2W^- + X_2 = 2X^- + W_2$　③ $2X^- + Z_2 = 2Z^- + X_2$

判断各氧化剂氧化性由强到弱的顺序为（　　）。

A. $X_2 > Y_2 > Z_2 > W_2$　B. $Y_2 > Z_2 > X_2 > W_2$

C. $Z_2 > X_2 > W_2 > Y_2$　D. $W_2 > Y_2 > Z_2 > X_2$

7. 在反应 $4NH_3 + 5O_2 \xrightarrow[\triangle]{\text{催化剂}} 4NO + 6H_2O$ 中氧化剂和还原剂的物质的量之比为（　　）。

A. 4:5　B. 4:6　C. 6:4　D. 5:4

（三）简答题

1. 下列反应中，哪些是氧化还原反应？在氧化还原反应中，哪个物质发生氧化？哪个物质发生还原？哪个物质是氧化剂？哪个物质是还原剂？

（1）$CaCO_3 = CaO + CO_2\uparrow$

（2）$2KClO_3 = 2KCl + 3O_2\uparrow$

（3）$2AgNO_3 + BaCl_2 = Ba(NO_3)_2 + 2AgCl\downarrow$

（4）$2NaI + Br_2 = 2NaBr + I_2$

（5）$I_2 + 2NaOH = NaI + NaIO + H_2O$

2. 写出下列分子或离子中，锰的氧化值：

MnF_2，$K_4Mn(CN)_6$，K_2MnO_4，$Mn_2(CO)_{10}$，MnO_4^-，MnO_2，Mn_2O_7，$Mn(CO)_5I$。

3. 试解释：为什么中性的 KI 溶液中的 I_2能氧化 As（III），而在强酸性溶液中 As（V）能氧化 I^- 成为 I_2？

（四）用离子—电子法配平下列反应方程式：

1. $HIO \longrightarrow IO_3^- + I^- + H_2O$　（在 OH^- 溶液中）

2. $CN^- + O_2 \longrightarrow CO_3^{2-} + NH_3$　（在 OH^- 溶液中）

3. $MnO_4^- + H_2O_2 \longrightarrow Mn^{2+} + H_2O + O_2$　（在 H^+ 溶液中）

4. $BrO_3^- + Br^- \longrightarrow Br_2$　（在 H^+ 溶液中）

5. $Cr_2O_7^{2-} + SO_3^{2-} \longrightarrow SO_4^{2-} + Cr^{3+}$　（在 H^+ 溶液中）

6. $BrO_3^- + SO_3^{2-} \longrightarrow SO_4^{2-} + Br^-$

7. $Fe_3O_4 + ClO^- \longrightarrow FeO_4^{2-} + Cl^-$

（五）计算综合题

1. 已知下列各电对的标准电极电势：

$\varphi^\ominus(Br_2/Br^-) = +1.07V$　$\varphi^\ominus(Co^{3+}/Co^{2+}) = +1.82V$　$\varphi^\ominus(O_2/H_2O) = +1.23V$

$\varphi^\ominus(H^+/H_2) = 0V$　$\varphi^\ominus(HBrO/Br_2) = +1.59V$

根据各电对的电极电势，指出：

（1）最强的还原剂和最强的氧化剂是什么？

（2）Co^{3+}，HBrO 在水中不稳定。它们会氧化 H_2O，放出 O_2。

（3）Br_2能否发生歧化反应，为什么？

2. 将一支铁棒插入 0.01mol · kg^{-3}的 $FeSO_4$溶液中，一支锰棒插入 0.10mol · kg^{-3}的 $MnSO_4$溶液中，用盐桥将两种溶液连接起来，并在金属棒之间接上伏特计。请写出自发反应的化学反应方程式并计算电池的电动势。

3. 计算下列各电对在给定条件下的电极电势：

（1）Fe^{3+}/Fe^{2+}，$[Fe^{3+}]$ =0.1mol · dm^{-3}，$[Fe^{2+}]$ =0.5mol · dm^{-3}；

(2) $Cr_2O_7^{2-}/Cr^{3+}$，$[Cr_2O_7^{2-}]$ =0.1mol · dm^{-3}，$[Cr^{3+}]$ =0.2mol · dm^{-3}，$[H^+]$ =2mol · dm^{-3}。

4. 测得电池 Pb（s）|Pb^{2+}（10^{-2} mol · dm^{-3}）||VO^{2+}（10^{-1} mol · dm^{-3}），V^{3+}（10^{-5} mol · dm^{-3}），H^+（10^{-1}mol · dm^{-3}）|Pt（s）的电动势为 +0.67V。

计算：（1）电对 VO^{2+}/V^{3+}的 $\varphi^{\ominus}$，

（2）计算反应 Pb（s） $+2VO^{2+}+4H^+ \rightleftharpoons Pb^{2+}+2V^{3+}+2H_2O$ 的平衡常数。

5. 在 $[H^+]$ =1.00mol · dm^{-3}时 MnO_4^-、MnO_4^{2-}、MnO_2（s）的电势图为：

$$MnO_4^- \xrightarrow{0.56} MnO_4^{2-} \xrightarrow{2.26} MnO_2\ (s)$$

（1）溶液中 MnO_4^{2-} 能否发生歧化反应（溶液中的离子浓度都为 1mol · dm^{-3}）？

（2）若能反应，写出反应方程式。

（3）$\varphi^{\ominus}$（MnO_4/MnO_2）值为多少？

6. 含有 Sn $(ClO_4)_2$和 Pb $(ClO_4)_2$的水溶液与过量的铅—锡合金粉末振荡，在 298K 时建立平衡，平衡时 $[Pb^{2+}]$ / $[Sn^{2+}]$ =0.46，计算 $\varphi^{\ominus}_{Sn^{2+}/Sn}$值。已知 $\varphi^{\ominus}_{Pb^{2+}/Pb}$ = −0.126V。

7. 已知 $\varphi^{\ominus}_{Tl^+/Tl}$ = −0.34V，$\varphi^{\ominus}_{Tl^{3+}/Tl}$ = +0.72V，计算：

（1）$\varphi^{\ominus}_{Tl^{3+}/Tl^+}$值，

（2）在 25C℃时 $3Tl^+$（aq）$\rightleftharpoons$ 2Tl（s） + Tl^{3+}（aq）的平衡常数。

8. 写出下列各电池反应的能斯特方程，计算 $E^{\ominus}$；再根据给定的条件，计算 E：

(1) Cu^{2+}(0.1mol · dm^{-3}) + Zn(s) ⟶ Cu(s) + Zn^{2+}(1.0mol · dm^{-3})

(2) Ni(s) + Sn^{2+}(1.10mol · dm^{-3}) ⟶ Ni^{2+}(0.010mol · dm^{-3}) + Sn(s)

(3) $2H^+$(0.01mol · dm^{-3}) + Zn(s) ⟶ Zn^{2+}(1.0mol · dm^{-3}) + H_2(1atm)

(4) $2H^+$(1.0mol · dm^{-3}) + Fe(s) ⟶ Fe^{2+}(0.2mol · dm^{-3}) + H_2(1atm)

9. 一个 Ag/AgCl 电极浸入 1mol · dm^{-3}盐酸溶液中作为正极，另一个 Ag/AgCl 电极浸入未知浓度的含 Cl^- 离子的溶液中，与第一个电极构成电池的电动势为 0.043V，问未知浓度溶液中，Cl^- 离子的浓度为多少？已知 $\varphi^{\ominus}_{AgCl(s)/Cl^-}$ =0.22V。

10. 根据热力学数据计算 $\varphi^{\ominus}_{Mg^{2+}/Mg}$。

	$\Delta_r G_m^{\ominus}$
Mg（s） +1/2O_2（g） ══ MgO（s）	−572.9kJ · mol^{-1}
MgO（s） +H_2O（l） ══ Mg $(OH)_2$（s）	−31.2kJ · mol^{-1}
H_2O（l） ══ H_2（g） +1/2O_2（g）	+241.3kJ · mol^{-1}

二、自测题答案

（一）填空题

1. 电子发生转移，氧化剂
2. 失去，得到
3. 失，氧化
4. 得，还原
5. 氧化，H_2O_2
6. 失，得到
7. Cu（NO_3）$_2$，NO

（二）选择题

1. C　2. A　3. D　4. B　5. C　6. C　7. D

（三）简答题

1. 答：属于氧化还原反应的有：(2)、(4)、(5)

(2) 此反应中，$KClO_3$中的O^{2-}失去电子，发生了氧化反应；Cl^{5+}获得电子发生了还原反应，$KClO_3$既是氧化剂又是还原剂。

(4) 此反应中，NaI 中的I^-失去电子，发生了氧化反应，NaI 是还原剂；Br_2获得电子，发生了还原反应，Br_2是氧化剂。

(5) 此反应中，一个 I 原子失去电子，另一个 I 原子获得电子，I_2既是氧化剂又是还原剂。

2. 答：MnF_2，$K_4Mn(CN)_6$，K_2MnO_4，$Mn_2(CO)_{10}$，MnO_4^-，MnO_2，Mn_2O_7，$Mn(CO)_5I$。

+2，　+2，　+6，　0，　+7，　+4，　+7，　+1

3. 答：因为$\varphi^{\ominus}_{I_2/I^-}=0.54V$，在酸性溶液中，$\varphi^{\ominus}_{As(V)/As(III)}=0.56V$，在碱性溶液中$\varphi^{\ominus}_{As(V)/As(III)}=-0.71V$，所以在酸性溶液中，As（V）的还原性较强，能氧化I^-，酸性降低时，As（Ⅲ）的还原性较强，能被I_2氧化。

（四）用离子—电子法配平下列反应方程式：

1. $3HIO + 3OH^- = IO_3^- + 2I^- + 3H_2O$
2. $2CN^- + O_2 + 2OH^- + 2H_2O = 2CO_3^{2-} + 2NH_3$
3. $2MnO_4^- + 5H_2O_2 + 6H^+ = 2Mn^{2+} + 8H_2O + 5O_2$
4. $BrO_3^- + 5Br^- + 6H^+ = 3Br_2 + 3H_2O$
5. $Cr_2O_7^{2-} + 3SO_3^{2-} + 8H^+ = 3SO_4^{2-} + 2Cr^{3+} + 4H_2O$
6. $BrO_3^- + 3SO_3^{2-} = 3SO_4^{2-} + Br^-$
7. $Fe_3O_4 + 5ClO^- + 6OH^- = 3FeO_4^{2-} + 5Cl^- + 3H_2O$

（五）计算综合题

1. （1）最强的还原剂是H_2，最强的氧化剂是Co_3^+。

（2）哪些物质在水中不稳定？它们会发生什么反应？

（3）不能发生歧化反应，因为$\varphi^{\ominus}$（$HBrO/Br_2$）$>\varphi^{\ominus}$（Br_2/Br^-）。

2. 化学反应方程式：$Mn + Fe^{2+} \!=\!=\!= Mn^{2+} + Fe$

$$E = E^{\ominus} - \frac{RT}{2F}\ln\frac{\alpha_{Mn^{2+}}}{\alpha_{Fe^{2+}}}$$

$= -0.447 - (-1.185) - (RT/2F)\ln 10$

$= 0.708(V)$

3. $$\varphi_{Fe^{3+}/Fe^{2+}} = \varphi^{\ominus}_{Fe^{3+}/Fe^{2+}} - \frac{RT}{F}\ln\frac{c_{Fe^{2+}}}{c_{Fe^{3+}}}$$

$$= -0.447 - \frac{RT}{F}\ln\frac{0.5}{0.1}$$

$= -0.488$

$$\varphi_{Cr_2O_7^{2-}/Cr^{3+}} = \varphi^{\ominus}_{Cr_2O_7^{2-}/Cr^{3+}} - \frac{RT}{6F}\ln\frac{c^2_{Cr^{3+}}}{c_{Cr_2O_7^{2-}} \cdot C^{14}_{H^+}}$$

$$= 1.33 - \frac{RT}{6F}\ln\frac{0.2^2}{0.1 \times 2^{14}}$$

$= 1.38(V)$

4. $Pb + 2VO^{2+} + 4H^+ \rightleftharpoons Pb^{2+} + 2V^{3+} + 2H_2O$

$$E^{\ominus} = \varphi^{\ominus}_{VO_2^+/V^{3+}} - \varphi^{\ominus}_{Pb^{2+}/Pb} - \frac{RT}{2F}\ln\frac{c^2_{V^{3+}} \cdot c_{Pb^{2+}}}{c^2_{VO_2^+} \cdot c^4_{H^+}}$$

$$6.7 = \varphi^{\ominus}_{VO_2^+/V^{3+}} - (-0.1262) - \frac{RT}{2F}\ln\frac{(10^{-5})^2 \cdot 10^{-2}}{(10-1)^2 \cdot (10^{-1})^4}$$

$\varphi^{\ominus}_{VO_2^+/V^{3+}} = 0.304(V)$

5. 能发生歧化反应：$3MnO_4^{2-} + 4H^+ \!=\!=\!= 2MnO_4^- + MnO_2 + 2H_2O$

$\varphi^{\ominus}(MnO_4/MnO_2) = 1.69(V)$

6. $\varphi^{\ominus}_{(sn^{2+}/sn)} = -0.136V$

7. $\varphi^{\ominus}_{(Tl^{3+}/Tl^+)} = 1.25V$

$K^{\ominus} = 2.0 \times 10^{-54}$

8.

$E^{\ominus}/V$	E/V
(1)1.10	1.07
(2)0.12	0.21
(3)0.76	0.70
(4)0.447	0.468

9. Cl^-的浓度为$0.2mol \cdot dm^{-3}$。

10. $Mg + 2H_2O = H_2 + Mg(OH)_2$

$\Delta_r G_m^{\ominus} = -572.9 - 31.2 + 241.3 = -362.8(kJ \cdot mol^{-1})$

$E^{\ominus} = \varphi^{\ominus}_{H^+/H_2} - \varphi^{\ominus}_{Mg(OH)_2/Mg} - (RT/F)\ln a_{H_2} - \Delta_r G_m^{\ominus}/2F = -\varphi^{\ominus}_{Mg(OH)_2/Mg} - (RT/F)\ln a_{H_2}$

$\varphi^{\ominus}_{Mg(OH)_2/Mg} = \Delta_r G_m^{\ominus}/2F - (RT/F)\ln a_{H_2}$

$\varphi^{\ominus}_{Mg(OH)_2/Mg} = -1.525V$

第8章　配位反应

一、自测题

（一）选择题

1. 配合物中心离子的配位数等于（　　）。

A. 配位体数　　B. 配位体中的原子数

C. 配位原子数　　D. 配位原子所具有的孤对电子总数

2. 在 $FeCl_3$ 溶液中加入 KSCN 试剂，则（　　）。

A. 生成复盐　　B. 产生沉淀　　C. 无现象　　D. 生成配离子

3. 在 $FeCl_3$ 与 KSCN 的混合溶液中加入足量 NaF 试剂，则（　　）。

A. 无现象　　B. 有红色出现　　C. 红色变为无色　　D. 有沉淀

4. 下列物质能溶于氨水的是（　　）。

A. Ag_2S　　B. AgCl　　C. AgI　　D. $PbCl_2$

5. 已知 AgCl 的 $K_{sp}^{\ominus}$ 及 $[Ag(NH_3)_2]^+$ 的 $K_f^{\ominus}$，则 $AgCl + 2NH_3 \rightleftharpoons [Ag(NH_3)_2]^+ + Cl^-$ 的平衡常数为（　　）。

A. $K_{sp}^{\ominus} \times K_f^{\ominus}$　　B. $K_{sp}^{\ominus}/K_f^{\ominus}$　　C. $K_f^{\ominus}/K_{sp}^{\ominus}$　　D. $1/[K_{sp}^{\ominus} \times K_f^{\ominus}]$

6. 在 $[Co(en)_2Cl_2]^+$ 离子中，钴的氧化数和配位数分别为（　　）。

A. 0 和 4　　B. +2 和 4　　C. +3 和 6　　D. +2 和 6

7. 下列配离子中最稳定的离子是（　　）。

A. $[AgCl_2]^-$　　B. $[Ag(NH_3)_2]^+$

C. $[Ag(S_2O_3)_2]^{3-}$　　D. $[Ag(CN)_2]^-$

8. 下列物质中，不能作配位体的是（　　）。

A. $-NH_2$　　B. CH_3NH_2　　C. NH_4^+　　D. NH_3

9. EDTA 与金属离子配位时，真正起作用的是（　　）。

A. 二钠盐　　B. EDTA 分子

C. 四价酸根离子　　D. EDTA 的所有形态

10. EDTA 与金属离子形成配位化合物时可提供的配位原子数是（　　）。

A. 2　　B. 4　　C. 6　　D. 8

（二）填空题

1. 二羟基四水合铝（Ⅲ）配离子的化学式是__________；氯化二氯一水三氨合钴（Ⅲ）的化学式是__________。

2. 配合物 $[Co(en)_2Cl_2]Cl$ 的命名为__________；配位原子是__________；配位数

是＿＿＿＿＿。

3. K_3［Fe（CN）$_6$］的系统命名是＿＿＿＿＿其中＿＿＿＿＿是配离子的中心体，＿＿＿＿＿是配位体，配位数为＿＿＿＿＿，配位原子是＿＿＿＿＿，铁离子与氰离子之间以＿＿＿＿＿相结合。

4. 螯合效应是指＿＿＿＿＿；螯合效应主要是由于＿＿＿＿＿的结果。

5. 在 $CuSO_4 \cdot 5H_2O$ 分子中，5 个水分子里有＿＿＿＿＿个是配位水。

6. 螯合物是由＿＿＿＿＿和＿＿＿＿＿配位而成的具有环状结构的化合物。

7. 若使某沉淀生成配离子而溶解，沉淀物质的溶度积常数越＿＿＿＿＿，生成的配离子稳定常数越＿＿＿＿＿，则沉淀的溶解效应越＿＿＿＿＿。

8. 在［Ag（NH_3）$_2$］$^+$ 溶液中加入 Br^-，使之转化为 AgBr 沉淀，则反应的竞争常数为＿＿＿＿＿。

9. EDTA 是＿＿＿＿＿简称；其在水溶液中存在的形体有＿＿＿＿＿种；每个 EDTA 分子可提供＿＿＿＿＿个配位原子，它与金属离子形成螯合物时，配位比一般为＿＿＿＿＿；螯合物分子含有＿＿＿＿＿个＿＿＿＿＿元环。

10. 将 $0.1mol \cdot L^{-1}$KI 和 $0.1mol \cdot L^{-1}FeCl_3$ 溶液适量混合后反应方程式是＿＿＿＿＿，再加入一定量饱和（NH_4）$_2C_2O_4$ 溶液后，则生成＿＿＿＿＿。

（三）计算题

1. 将 50mL0.20mol/L$AgNO_3$ 溶液和 50mL6.0mol/L 氨水溶液混合后，加入 0.50mL2.0mol/LKI 溶液，问是否有 AgI 沉淀生成？

2. 向一含有 0.20mol/L 氨水和 0.20mol/LNH_4Cl 的缓冲溶液中加入等体积的 0.030mol/L［Cu（NH_3）$_4$］Cl_2 溶液，问混合溶液中有无 Cu（OH）$_2$ 沉淀生成？

3. 溶液中 Cl^- 的浓度和 Ag^+ 的浓度均为 0.010mol/L，问溶液中 NH_3 的初始浓度至少应控制为多少才能防止 AgCl 沉淀析出。

4. 在 100.0mL0.15mol/LK［Ag（CN）$_2$］溶液中加入 50.0mL0.10mol/LKI 溶液，是否有 AgI 沉淀产生？若在上述混合物中再加入 50.0mL0.20mol/LKCN 溶液，是否有 AgI 沉淀产生？

5. 现有 AgBr 晶体 0.500g，若将其全部溶解，问在 1 升水中应加入多少克 $Na_2S_2O_3$ 晶体。

6. 等体积混合 0.30mol/LNH_3、0.30mol/LNaCN 和 0.030mol/L$AgNO_3$，计算混合溶液中［Ag（NH_3）$_2$］$^+$、［Ag（CN）$_2$］$^-$、NH_3、CN^- 的平衡浓度。

7. 在 pH＝4.0 的溶液中，用碘量法定量测定 Cu^{2+} 含量时，样品中杂质 Fe^{3+} 干扰，可加入 NH_4F 使生成［FeF_6］$^{3-}$ 以掩蔽之。若 Fe^{3+} 有 99.999% 已转化为［FeF_6］$^{3-}$，计算溶液中过量 NH_4F 的总浓度。（K_f^θ（FeF_6^{3-}）$=1.0\times10^{16}$，K_a^θ（HF）$=1.8\times10^{-4}$）

8. Au 是不能被空气氧化的，但是将金矿粉加到 NaCN 溶液中，再通入空气即全部氧化生成［Au（CN）$_2$］$^-$ 而溶解。求［Au（CN）$_2$］$^-$ $+e^-=Au+2CN^-$ 的 E^θ 值，并解释这种现象。

二、自测题答案

（一）选择题

1. C　2. D　3. C　4. B　5. A　6. C　7. D　8. C　9. C　10. C

(二) 填空题

1. $[Al(H_2O)_4(OH)_2]^+$，$[Co(NH_3)_3(H_2O)Cl_2]Cl$

2. 氯化二氯二乙二胺合钴（Ⅲ），N、Cl，6

3. 六氰合铁（Ⅲ）酸钾，Fe^{3+}，CN^-，6，C，配位键

4. 由于环状结构的形成，使螯合物比具有相同配位原子的简单配合物稳定的现象；螯合物生成过程中体系熵值增大

5. 4

6. 中心原子，多齿配体

7. 大，稳定，大

8. $1/K_f^\ominus[Ag(NH_3)_2]^+ \cdot K_{sp}^\ominus(AgBr)$

9. 乙二胺四乙酸，7，6，1:1，5，五

10. $2Fe^{3+}+2I^- = I_2+2Fe^{2+}$，$[Fe(C_2O_4)_3]^{3-}$和$I^-$

(三) 计算题

1. 解:查表得 $K_f^\ominus[Ag(NH_3)_2]^+ = 1.6\times10^7$

$K_{sp}^\ominus(AgBr) = 5.0\times10^{-13}$

氨水过量 设溶液中 Ag^+ 的浓度为 $x$mol·L^{-1},则等体积混合后

$$\begin{matrix} Ag^+ & + & 2NH_3 & = & 2[Ag(NH_3)_2]^+ \\ x & & 3-0.1\times2+2x & & 0.1-x \end{matrix}$$

$$\frac{(0.1-x)^2}{x(3-0.1\times2+x)} = K_f^\ominus$$

$0.1-x \approx 0.1\text{mol}\cdot\text{L}^{-1}$ $\quad 3-0.1\times2+2x \approx 2.8\text{mol}\cdot\text{L}^{-1}$

解得: $x = 8.0\times10^{-11}\text{mol}\cdot\text{L}^{-1}$

$Q_i = c(Ag^+)\cdot c(Br^-) = 8.0\times10^{-11}\times0.5/100\times2.0 = 8.0\times10^{-13} > K_{sp}^\ominus(AgBr)$

∴ 有沉淀生成

2. 解:查表得 $K_b^\ominus(NH_3) = 1.79\times10^{-5}$

$K_f^\ominus[Cu(NH_3)_4]^{2+} = 2.1\times10^{13}$

$K_{sp}^\ominus Cu(OH)_2 = 6.6\times10^{-20}$

等体积混合后,溶液中各物质浓度均为原来的一半。

$c(OH^-) = K_b^\ominus\times c(NH_3)/c(NH_4^+) = 1.79\times10^{-5}\times(0.10/0.10) = 1.79\times10^{-5}\text{mol}\cdot\text{L}^{-1}$

设此时溶液中 Cu^{2+} 的浓度为 $x$mol·L^{-1},则

$$\begin{matrix} Cu^{2+} & + & 4NH_3 & = & [Cu(NH_3)_4]^{2+} \\ x & & 0.10+4x & & 0.015-x \end{matrix}$$

$$\frac{0.015-x}{x(0.1+4x)^4} = K_f^\ominus = 2.1\times10^{13}$$

$$0.015-x \approx 0.015, \quad 0.1+4x \approx 0.1$$

解得:$x = 7.14\times10^{-12}\text{mol}\cdot\text{L}^{-1}$

$$Q_i = c(Cu^{2+})\cdot c^2(OH^-) = 7.14\times10^{-12}\times(1.79\times10^{-5})^2$$
$$= 2.3\times10^{-21} < K_{sp}^\ominus[Cu(OH)_2] = 6.6\times10^{-20}$$

∴ 没有沉淀生成

3. 解:查表得 $K_f^\Theta[Ag(NH_3)_2]^+ = 1.6\times10^7$

$K_{sp}^\Theta(AgCl) = 1.77\times10^{-10}$

欲使 AgCl 不沉淀析出,则

$c(Ag^+) \leqslant K_{sp}^\Theta(AgCl)/c(Cl^-) = 1.77\times10^{-10}/0.01 = 1.77\times10^{-8}$

设平衡时溶液中氨的浓度为 x mol · L^{-1},则

$$Ag^+ + 2NH_3 \rightleftharpoons [Ag(NH_3)_2]^+$$

$$1.77\times10^{-8} \qquad x \qquad 0.1-1.77\times10^{-8}$$

$$\frac{0.1-1.77\times10^{-8}}{1.77\times10^{-8}\cdot x^2} = K_f^\Theta = 1.6\times10^7$$

$$0.1-1.77\times10^{-8}\approx0.1$$

解得: $x = 0.59$mol · L^{-1}

NH_3的初始浓度为:$0.59+0.1\times2 = 0.79$mol · L^{-1}

4. 解:查表得 $K_f^\Theta[Ag(CN)_2]^- = 1.3\times10^{21}$

$K_{sp}^\Theta(AgI) = 1.12\times10^{-12}$

设混合后溶液中银离子的浓度为 $x$mol · L^{-1},则

$$[Ag(CN)_2]^- \rightleftharpoons Ag^+ + 2CN^-$$

$$100/150\times0.15-x \qquad x \qquad 2x$$

$$\frac{0.1-x}{x\,(2x)^2} = K_f^\Theta = 1.3\times10^{21}$$

$$0.1-x\approx0.1$$

解得:$x = 2.67\times10^{-8}$mol · L^{-1}

$Q_i = c(Ag^+)\cdot c(I^-) = 2.67\times10^{-8}\times50/150\times0.1 = 8.9\times10^{-10} > K_{sp}^\Theta(AgI) = 1.12\times10^{-12}$

∴ 有沉淀生成

当加入 50.0mL0.2mol · L^{-1}KCN 溶液后,设此时 Ag^+的浓度为 y,则

$$\frac{\frac{100}{200}\times0.15-y}{y\left(\frac{50}{200}\times0.2+2y\right)^2} = K_f^\Theta = 1.3\times10^{21}$$

$0.075-y\approx0.075$;$0.05+2y\approx0.05$

解得:$y = 1.15\times10^{-21}$mol · L^{-1}

$Q_i = c(Ag^+)\cdot c(I^-) = 1.15\times10^{-21}\times50/200\times0.1 = 2.88\times10^{-23} < K_{sp}^\Theta(AgI) = 1.12\times10^{-12}$

∴ 没有沉淀生成

5. 解:查表得 K_f^Θ $[Ag(S_2O_3)_2]^{3-} = 2.9\times10^{13}$

K_{sp}^Θ (AgBr) $= 5.0\times10^{-13}$

设 AgBr 溶解后溶液中 $S_2O_3{}^{2-}$ 的浓度为 $x$mol · L^{-1},则平衡时

$$AgBr(s) + 2S_2O_3{}^{2-} \rightleftharpoons [Ag(S_2O_3)]^{3-} + Br^-$$

$$x \qquad 0.5/187.78-x \qquad 0.5/187.78-x$$

$0.5/187.78-x\approx0.5/187.78$

$$K^{\Theta}=\frac{c[Ag(S_2O_3)]^{3-}\cdot c(Br^-)}{c(S_2O_3^{2-})}\cdot\frac{c(Ag^+)}{c(Ag^+)}=K_f^{\Theta}\cdot K_{sp}^{\Theta}$$

$$=\frac{\left(\frac{0.5}{187.78}\right)^2}{x^2}=2.9\times10^{13}\times5.0\times10^{-13}$$

解得：$x=6.99\times10^{-4}mol\cdot L^{-1}$

1L 水中需加 $Na_2S_2O_3$ 的克数为：

$(6.99\times10^{-4}+0.5/187.78\times2)\times158.12=0.95g$

6. 解:查表得　$K_f^{\Theta}[Ag(NH_3)_2]^+=1.1\times10^7$

$K_f^{\Theta}[Ag(CN)_2]^-=1.3\times10^{21}$

等体积混合后溶液中各物质浓度均减半,设平衡时溶液中$[Ag(NH_3)_2]^+$为 $x$mol·L^{-1}

$$[Ag(NH_3)_2]^+ \quad + \quad 2CN^- \quad \rightleftharpoons \quad [Ag(CN)_2]^- \quad + \quad 2NH_3$$

$$x \qquad 0.1-0.01\times2+2x \qquad 0.01-x \qquad 0.1-2x$$

$$K^{\Theta}=\frac{c[Ag(CN)_2^-]\cdot c^2(NH_3)}{c[Ag(NH_3)_2^+]\cdot c^2(CN^-)}\cdot\frac{c(Ag^+)}{c(Ag^+)}=\frac{K_f^{\Theta}[Ag(CN)_2]^-}{K_f^{\Theta}[Ag(NH_3)_2]^+}$$

$$\frac{(0.01-x)(0.1-2x)^2}{x(0.08+2x)^2}=\frac{1.3\times10^{21}}{1.6\times10^7}$$

K^{Θ} 较大,则

平衡时$[Ag(CN)_2]^-$的浓度为:$0.01-x\approx0.01mol\cdot L^{-1}$,

平衡时 NH_3 的浓度为:$0.1-2x\approx0.1mol\cdot L^{-1}$

平衡时 CN^- 的浓度为:$0.08+2x\approx0.08mol\cdot L^{-1}$

解得:$x=1.9\times10^{-16}mol\cdot L^{-1}$

7. 解:已知　$K_f^{\Theta}[FeF_6]^{3-}=1.0\times10^{16}$

$K_a^{\Theta}(HF)=1.8\times10^{-4}$

设溶液中含 Fe^{3+} 的浓度为 amol·L^{-1},平衡时 F^- 的浓度为 $x$mol·L^{-1}。则

$$Fe^{3+} \quad + \quad 6F^- \quad = \quad [FeF_6]^{3-}$$

$$0.001\%a \qquad x \qquad 99.999\%a$$

$$K_f^{\Theta}=\frac{c[FeF_6]^{3-}}{c(Fe^{3+})\cdot c^6(F^-)}=\frac{a99.999\%}{a0.001\%x^6}=1.6\times10^{16}$$

解得：　$x=c(F^-)=1.5\times10^{-2}mol\cdot L^{-1}$

$$pH=pK_a^{\Theta}-\lg\frac{c(HF)}{c(F^-)}=3.74-\lg\frac{c(HF)}{1.5\times10^{-2}}=4.0$$

解得:$c(HF)=8.3\times10^{-3}mol\cdot L^{-1}$

NH_4F 的总浓度为　$1.5\times10^{-2}+8.3\times10^{-3}=2.3\times10^{-2}mol\cdot L^{-1}$

8. 解：　已知　$Au^++e \rightleftharpoons Au$　　$\varphi^{\Theta}=1.69V$

$O_2+4H^++4e \rightleftharpoons 2H_2O$　　$\varphi^{\Theta}=1.23V$

由于 $\varphi^{\Theta}(Au^+/Au)>\varphi^{\Theta}(O_2/H_2O)$,Au 不可能被 O_2 氧化。

$[Au(CN)_2]^-+e \rightleftharpoons Au+2CN^-$

$$\varphi^{\ominus}([Au(CN)_2]^-/Au) = \varphi^{\ominus}(Au^+/Au) + 0.0592\lg\frac{1}{K_f^{\ominus}[Au(CN)_2]^-}$$

$$= 1.69 + 0.0592\lg\frac{1}{2.0\times10^{38}}$$

$$= -0.58V$$

Au 溶解在 NaCN 溶液中后生成$[Au(CN)_2]^-$，$\varphi^{\ominus}([Au(CN)_2]^-/Au) < \varphi^{\ominus}(O_2/H_2O)$，此时 Au 可被氧化。

第9章　主族元素

一、自测题

（一）简答题

1. 为什么 ClO^- 会歧化成 Cl^- 和 ClO_3^-？

2. 为什么不能用浓硫酸与溴化物或碘化物反应制取 HBr 和 HI？

3. 为什么把 OF_2 称为二氟化氧而不称为氧化二氟？

4. 氢氟酸与其他氢卤酸相比有何特性？怎样解释？

5. 向盐溶液 A 加入 NaCl 溶液，有白色沉淀 B 析出，B 可溶于氨水，所得溶液为 C，向溶液 C 中加入 NaBr 溶液，则又有另一种浅黄色沉淀 D 析出，D 在阳光下容易变黑，D 可溶于硫代硫酸钠，其溶解后的溶液为 E，于 E 中通入 H_2S，又有黑色沉淀 F 析出，自溶液中分离出 F，加入浓 HNO_3，沸腾后，滤出产生的黄色沉淀后，又可得到原来的溶液 A。A、B、C、D、E、F 各是什么物质？写出有关方程式。

6. O_2、O_3 和 H_2O_2 中 O－O 键长分别为 1.21.1.28 和 1.48，为什么会有这种增加趋势？

7. 为什么在自然界中存在硫化物，却不存在亚硫酸盐？

8. 为什么亚硫酸盐溶液中常含硫酸根离子？

9. 磷有几种主要的同素异形体？它们的性质有何异同点？

10. 一氧化碳与氮气的结构相似，但是它们的化学活泼性差别很大，为什么会有这种差别？

11. 为什么 SiF_4 能与 F^- 离子反应生成 SiF_6^{2-} 而 CF_4 不能与 F^- 离子反应生成 CF_6^{2-}？

12. 请写出铅丹和铅糖的化学式，在铅丹中铅的氧化值为多少？

13. 下列各对离子能否共存于溶液中：

    Sn^{2+} 和 Fe^{2+}；　　　　Sn^{2+} 和 Fe^{3+}；

    Pb^{2+} 和 Fe^{3+}；　　　　Pb^{2+} 和 $[Pb(OH)_6]^{2-}$。

14. 试解释：缺电子化合物

15. 硼酸晶体为什么呈鳞片状？晶体中硼酸分子是怎样结合在一起的？

16. 为什么不能用 $AlC1_3 \cdot 6H_2O$ 加热脱水制备无水的 $AlCl_3$？

17. 试写出 $Na_2B_4O_7 \cdot 10H_2O$ 中阴离子的结构式。

18. B_2H_6 的结构与 C_2H_6 有何不同？B_2H_6 子中有什么类型的键？

（二）完成或写出反应方程式

1. 写出盐酸与下列各物质反应的化学方程式：

   （1）MnO_2　　（2）$KMnO_4$　　（3）$Na_2Cr_2O_7$

2. 写出下列各反应的化学方程式：

（1）PCl_3水解　（2）碘溶于 KI 溶液中　（3）氟气与二氧化硅反应

3. 以食盐为基本原料，如何制备下列物质？

（1）NaClO　（2）$KClO_3$　（3）$KClO_4$　（4）$HClO_4$　（5）Ca（ClO）$_2$

4. 写出臭氧在溶液中与下列物质发生反应的化学方程式：

（1）在酸性溶液中把 I^- 氧化成 I_2；　（2）把 S 氧化成硫酸；

5. 写出硫（S）与 H_2、C、Fe、O_2和 HNO_3反应的化学方程式。

6. 写出 H_2S 在酸性条件下与 Fe^{3+}、MnO_4^-、Br_2和 $Cr_2O_7^{2-}$反应的离子方程式。

7. 写出下列各种硝酸盐的热分解化学方程式：

（1）$NaNO_3$　（2）NH_4NO_3　（3）$LiNO_3$　（4）Cu（NO_3）$_2$　（5）$AgNO_3$

8. 试写出下列各物质的反应方程式

（1）$Mg + N_2 \longrightarrow$

（2）$HNO_3 \xrightarrow{光或热}$

（3）$NaBiO_3 + MnCl_2 + HCl \longrightarrow$

9. 写出下面的离子反应方程式：

（1）在酸性的亚硝酸溶液中，分别用 Br_2、MnO_4^-和 $Cr_2O_7^{2-}$氧化亚硝酸。

（2）硝酸根离子被 I^-离子还原为 NO，而 I^-离子变成了 I_3^-。

（3）亚硝酸与氨水反应得到 N_2。

（三）计算综合题

1. 画出下列各物种的几何构型：HClO，$HBrO_2$，H_5IO_6

2. 用未知浓度的盐酸滴定含有 1.00×10^{-3} mol 的 KIO_3、大量的 KI 和 $Na_2S_2O_3$的水溶液，并加入几滴甲基橙指示剂，开始滴定时没有碘析出，甲基橙也没有变色，直到加入 30cm^{3}盐酸后，甲基橙才变色。试说明此滴定过程的现象，并计算此盐酸的浓度。

3. 根据两个半反应

$Cl_2 + 2e \longrightarrow 2Cl^-$　　$\varphi^\ominus_{Cl_2/Cl^-} = +1.36V$

$2HClO + 2H^+ + 2e \longrightarrow Cl_2 + 2H_2O$　　$\varphi^\ominus_{HClO/Cl_2} = +1.63V$

计算 Cl_2与 H_2O 反应，生成 HClO 及 Cl^- 的 $E^\ominus$。氯气的自身氧化还原反应为什么发生于 1mol · dm^{-3}的 OH^- 水溶液中，而不发生在 1mol · dm^{-3}的 H^+ 水溶液中。

4. 实验室中制备 H_2S 气体，为何用 FeS 与盐酸反应？而不用 FeS 与硝酸反应？H_2S 溶液在空气中长期放置为什么变浑浊？

5. 连二硫酸可以由 H_2SO_4的电解来得到。$2H_2SO_4 \xrightarrow{电解} H_2S_2O_8 + 2H^+ + 2e$，在这个电解过程中，产生了 9.72dm^3 H_2和 2.35dm^3 O_2，则有多少摩尔 $H_2S_2O_8$产生？

6. 计算下列各分子中磷的氧化数：PH_3，H_3PO_2，H_3PO_3，H_3PO_4，$H_4P_2O_7$，P_4，PCl_3。

7. 已知 H_3PO_2是一元酸，请写出它的结构式，哪个氢能电离形成 H^+？

8. 写出下列各分子中氮的氧化值：

N_2，NH_3，$NaNO_3$，N_2H_4，N_2O_4，NH_4NO_3，Li_3N。

9. 试解释：（1）N_2比 O_2稳定；（2）白磷比红磷活泼；（3）氮的最高共价为 4，而磷的为 6。

10. 活泼金属能使 NO_3^- 还原为 NH_3。现有 $25cm^3$ 含有 NO_3^- 离子的溶液与活泼金属反应，放出的氨气通入 $50.00cm^3$、$0.1500mol \cdot dm^{-3}$ 盐酸溶液中，过量的 HCl 需要 $32.10cm^3$、$0.1000mol \cdot dm^{-3}$ 的 NaOH 完全中和，问此原始溶液中，NO_3^- 离子的浓度为多少？

11. 为了测定铵态氮肥中的含氮量，称取固体样品 0.2471g，加足量 NaOH 溶液，并进行蒸馏，用 $50.00cm^3$、$0.105mol \cdot dm^{-3}$ 的盐酸吸收，再用 $0.1022mol \cdot dm^{-3}$ NaOH 溶液滴定。"吸收液"中剩余的 HCl，消耗了 $11.69cm^3$ NaOH 溶液，计算肥料中氮的百分含量。

12. 已知在 OH^- 溶液中，$AsO_4^{3-} + 2H_2O + 2e \xlongequal{} AsO_2^- + 4OH^-$，$\varphi^\Theta = -0.71V$，$I_2 + e \xlongequal{} 2I^-$，$\varphi^\Theta = +0.535V$，求反应：$AsO_2^- + I_2 + 4OH^- \xlongequal{} AsO_4^{3-} + 2I^- + 2H_2O$ 的 K 值。

13. 如何鉴别：$Al_2(SO_4)_3$，$MgSO_4$，$SnCl_2$，Na_2CO_3 的溶液。

14. 铝与硫混合，当加热时会剧烈的反应，生成硫化铝，但是此硫化铝不能从混有铝离子和硫离子的溶液中得到，为什么？写出硫化铝与水的化学反应方程式。

二、自测题答案

（一）简答题

1. 是由于该 Cl 元素具有高低不同的氧化态，可以在适宜的条件下同时向较高和较低的价态转化。

2. 氢卤酸有一定的还原性，浓硫酸能氧化溴化氢和碘化氢，但不能氧化氟化氢和氯化氢。

$$2HBr + H_2SO_4(浓) \xlongequal{} Br_2 + SO_2\uparrow + 2H_2O$$

$$8HI + H_2SO_4(浓) \xlongequal{} 4I_2 + H_2S\uparrow + 4H_2O$$

故不能用浓硫酸与溴化物或碘化物反应制取溴化氢或碘化氢，须改用非氧化性的酸（如磷酸）。

3. 因为这里面氟是负一价，得电子化合价降低被还原，所以是氧化剂。

4. 在卤素原子中，由于 F 的原子半径特别小，电负性特别大，所以 HF 在分子中，共用的电子对强烈偏向 F^- 离子，使 HF 显示出很强的极性，HF 分子间产生氢键而缔合，因而 HF 的熔沸点比其他的 HX 高，但 HF 水溶液的酸性比其他氢卤酸弱，主要是因为 HF 具有最大的键能，且分子中存在缔合分子。

5. A→B　$NaCl + AgNO_3 \xlongequal{} AgCl\downarrow + NaNO_3$

B→C　$AgCl + 2NH_3 \xlongequal{} [Ag(NH_3)_2]^{2+} + Cl^-$

C→D　$Ag^+ + Br^- \xlongequal{} AgBr\downarrow$

$$2AgBr \xrightarrow{h\nu} 2Ag + Br_2$$

D→E　$2AgBr(s) + Na_2S_2O_3 \xlongequal{} Ag_2S_2O_3 + 2NaBr$

E→F　$Ag_2S_2O_3 + H_2S \xlongequal{} Ag_2S\downarrow + H_2SO_4$

$$Ag_2S + HNO_3(浓) \longrightarrow AgNO_3 + S + NO_2 + H_2O$$

6. 因为 O_2 中 O—O 键是双键，O_3 中 O—O 键由单键和三中心四电子 π 键构成，而 H_2O_2 中得 O—O 键是单键，O—O 键强度依次降低，键长依次增加。

7. 因为在自然界中亚硫酸盐很容易被空气中的氧气氧化。

8. 因为亚硫酸根离子容易被氧化成硫酸根离子。

9. （1）白磷、红磷和黑磷。

（2）白磷晶体是由 P_4分子组成的分子晶体，P_4分子是四面体构型，熔沸点较低。红磷的结构还没弄清楚。黑磷具有石墨状的片层结构并具有导电性，黑磷中的磷原子是以共价键互相连接成的网状结构。

10. CO 分子中碳原子与氧原子间形成三重键，即 1 个 σ 键和 2 个 π 键。CO 分子的结构式为：$\ddot{C} \overset{\leftarrow}{\equiv} \ddot{O}$，与 N_2分子的三重键所不同的是其中 1 个 π 键是配键，这对电子是由氧原子提供的。在 CO 中，C 原子略带负电荷，容易向其他空轨道提供电子对，这就是 CO 虽然键能比 N_2大，却比 N_2更活泼的一个原因。

11. 因为 C 价层只有 s、p 轨道，价层电子数不能超过 8，配位数不能超过 4，而 Si 有空的 d 轨道可以参与成键，可以形成 6 配位的化合物。

12. 铅丹：$Pb_2[PbO_4]$；铅糖：$Pb(Ac)_2$。

13. Sn^{2+}和 Fe^{2+}；可共存　　　Sn^{2+}和 Fe^{3+}；不可共存

Pb^{2+}和 Fe^{3+}；不可共存　　　Pb^{2+}和 $[Pb(OH)_6]^{2-}$。不可共存

14. 缺电子化合物指分子中的成键电子对数小于价键轨道数的化合物。

15. 在硼酸晶体中，每个硼原子用 sp^2杂化轨道与三个 OH 中的氧原子成键，每个氧原子以共价键与一个硼原子和一个氢原子成键，构成 H_3BO_3单元。氧原子还通过氢键与另一个 H_3BO_3中的氢原子成键，构成片层结构。

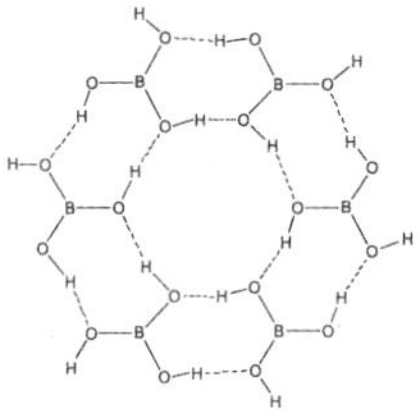

16. 因为 $AlCl_3 \cdot 6H_2O$ 会发生水解得到 $Al(OH)_3$

17.

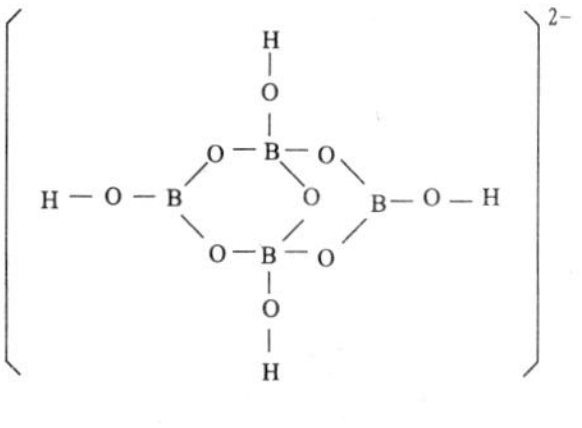

18. C_2H_6结构应需 14 个价电子，它是 7 个二中心二电子键（2c－2e）结构，而在 B_2H_6分子中只有 12 个价电子，是三中心二电子键（3c－2e）结构，即有 2 个氢原子在 2 个硼原子之间搭了桥，把 2 个硼原子间接地结合到一起，叫做氢桥。

（二）完成或写出反应方程式

1. (1) $MnO_2 + 4HCl \xlongequal[\Delta]{} MnCl_2 + Cl_2\uparrow + 2H_2O$

(2) $2KMnO_4 + 16HCl = 2KCl + 2MnCl_2 + 5Cl_2\uparrow + 8H_2O$

(3) $Na_2Cr_2O_7 + 14HCl = 2NaCl + 2CrCl_3 + 3Cl_2 + 7H_2O$

2. （1）PCl_3水解

$PCl_3 + 3H_2O = 3HCl + H_3PO_3$

（2）碘溶于 KI 溶液中

$I_2 + I^- \rightleftharpoons I_3^-$

(3) 氟气与二氧化硅反应

$2F_2 + SiO_2 = SiF_4 + O_2$

3. (1) $2NaCl + 2H_2O \xlongequal{(通电)} 2NaOH + Cl_2\uparrow + H_2\uparrow$

$Cl_2 + 2NaOH = NaCl + NaClO + H_2O$

(2) $2NaCl + 2H_2O \xlongequal{(通电)} 2NaOH + Cl_2\uparrow + H_2$

$6KOH + 3Cl_2(\triangle) = KClO_3 + 5KCl + 3H_2O$

(3) $2NaCl + 2H_2O \xlongequal{(通电)} 2NaOH + Cl_2\uparrow + H_2\uparrow$

$6KOH + 3Cl_2(\triangle) = KClO_3 + 5KCl + 3H_2O$

$KClO_3 \xlongequal{(高温)} KClO_4 + KCl$

(4) $2NaCl + 2H_2O \xlongequal{(通电)} 2NaOH + Cl_2\uparrow + H_2\uparrow$

$6KOH + 3Cl_2(\triangle) = KClO_3 + 5KCl + 3H_2O$

$KClO_3 + H_2SO_4(浓) = HClO_4 + K_2SO_4$

(5) $2NaCl + 2H_2O \xlongequal{(通电)} 2NaOH + Cl_2\uparrow + H_2\uparrow$

$2Cl_2 + 2Ca(OH)_2 = CaCl_2 + Ca(ClO)_2 + 2H_2O$

4. (1) $O_3 + 6I^- + 6H^+ = 3I_2 + 3H_2O$

(2) $O_3 + S + H_2O = H_2SO_4$

5. $S + H_2 \longrightarrow H_2S$

$S + C \longrightarrow CS_2$

$S + Fe \longrightarrow FeS$

$S + O_2 \longrightarrow SO_2$

$S + HNO_3 \longrightarrow H_2SO_4 + NO_2 + 2H_2O$

6. $H_2S + 2Fe^{3+} = 2Fe^{2+} + S\downarrow + 2H^+$

$5H_2S + 2MnO_4^- + 6H^+ \longrightarrow 5S + 2Mn^{2+} + 8H_2O$

$H_2S + Br_2 = 2HBr + S\downarrow$

$H_2S + Cr_2O_7^{2-} = S\downarrow + 2CrO_3^- + H_2O$

7. (1) $2NaNO3 \xlongequal[\triangle]{} 2NaNO_2 + O_2\uparrow$

(2) $NH_4NO_3 \xlongequal[\triangle]{} N_2O + 2H_2O$

(3) $LiNO_3 \xlongequal[\triangle]{} 2LiNO_2 + O_2\uparrow$

(4) $2Cu(NO_3)_2 \xlongequal[\triangle]{} 2CuO + 4NO_2\uparrow + O_2\uparrow$

(5) $AgNO_3 \xlongequal[\triangle]{} 2Ag + 2NO_2 + O_2\uparrow$

8. (1) $3Mg + N_2 \longrightarrow Mg_3N_2$

(2) $4HNO_3 \xrightarrow{光或热} 4NO_2 + 2H_2O + O_2$

(3) $5NaBiO_3 + 2MnCl_2 + 14HCl \longrightarrow 3NaCl + 5BiCl_3 + 2NaMnO_4 + 7H_2O$

9. (1) $2HNO_2 + Br_2 = 2NO_2 + 2HBr$

$3HNO_2 + 2MnO_4^- + 2H^+ \!=\!=\!= 2MnO_2 + 3HNO_3 + H_2O$

$3HNO_2 + Cr_2O_7^{2-} + 8H^+ \!=\!=\!= 2Cr^{3+} + 3HNO_3 + 4H_2O$

(2) $2NO_3^- + 9I^- + 8H^+ \!=\!=\!= 2NO + 3I_3^- + 4H_2O$

(3) $HNO_2 + NH_3 \!=\!=\!= N_2 + 2H_2O$

(三) 计算综合题

1.

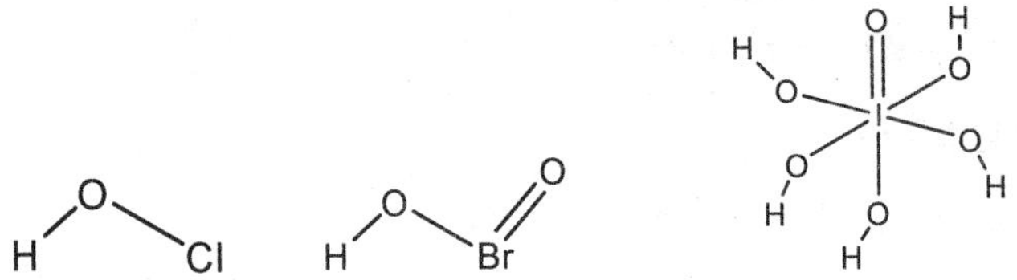

2. $KIO_3 + 5KI + 6H^+ \longrightarrow 3I_2 + 6K^+ + 3H_2O$

$I_2 + 2Na_2S_2O_3 \!=\!=\!= 2NaI + Na_2S_4O_6$

$c_{HCl} = 1.00 \times 10^{-3} \times 6/30 \times 10^{-3} = 0.2 mol \cdot dm^{-3}$

3. $Cl_2 + H_2O \longrightarrow Cl^- + H^+ + HClO$

在 $1mol \cdot dm^{-3}$ 的 H^+ 水溶液中，反应的 $E^\Theta = \varphi^\Theta_{Cl_2/Cl^-} - \varphi^\Theta_{HClO/Cl_2} = 1.36 - 1.63 < 0$，所以不能发生歧化反应。

在 $1mol \cdot dm^{-3}$ 的 OH^- 水溶液中，反应的 $E = \varphi^\Theta_{Cl_2/Cl^-} - \varphi^\Theta_{HClO/Cl_2} - (RT/F) \ln c_{H^+} = 0.56 > 0$，所以能发生歧化反应。

4. (1) 因为 FeS 与硝酸反应，S^{2-} 会被氧化。

(2) 因为 H_2S 可以被空气中的 O_2 氧化，生成黄色 S 沉淀

$2H_2S + O_2 \!=\!=\!= 2H_2O + 2S\downarrow$

5. 产生 $0.224 mol H_2S_2O_4$。

6. PH_3, H_3PO_2, H_3PO_3, H_3PO_4, $H_4P_2O_7$, P_4, PCl_3

−3, +1, +3, +5, +5, 0, +3

7.

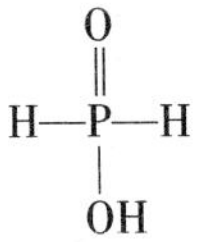

只有羟基上的 H 可以电离

8. N_2, NH_3, $NaNO_3$, N_2H_4, N_2O_4, NH_4NO_3, Li_3N。

0; −3; +5; −2; +2; +1; −3

9. (1) $N_2 KK(\sigma_{2s})^2(\sigma^*_{2s})^2(\pi_{2py})^2(\pi 2_{pz})^2(\sigma_{2px})^2$ 键级为 3

$O_2 KK(\sigma_{2s})^2(\sigma^*_{2s})^2(\sigma_{2px})^2(\pi_{2py})^2(\pi_{2pz})^2$ 键级为 2

所以 N_2 比 O_2 稳定

(2) 白磷在空气中只要温度超过 40℃ 时就能着火（自燃），而红磷的着火点要比白磷高

很多。

（3）因为氮原子半径小，而磷原子较大。

10. 0.19moldm^{-3}

11. 23%

12. $K = 1.32 \times 10^{42}$

13. $+HNO_3$，有气体是 Na_2CO_3，无气体是 $Al_2(SO_4)_3$，$MgSO_4$，$SnCl_2$；
继续 $+AgNO_3$，有↓是 $SnCl_2$，无↓ $Al_2(SO_4)_3$，$MgSO_4$；
继续 $+NaOH$，有沉淀后又消失是 $Al_2(SO_4)_3$，无此现象则是 $MgSO_4$

14. 在水溶液中 Al^{3+} 和 S^{2-} 会发生水解反应，$Al_2S_3 + 6H_2O = 2Al(OH)_3\downarrow + 3H_2S\uparrow$

第10章　副族元素

一、自测题

（一）简答题

1. 为什么 TiO_2 作涂料比铅白好？为什么 Ti 金属常用来制造飞行器？

2. 多钒酸的组成与溶液 pH 值的关系如何？

3. 在微酸性的 $K_2Cr_2O_7$ 溶液中，加入 Pb^{2+} 离子会生成黄色 $PbCrO_4$ 沉淀，为什么？

4. 将 $CuCl_2 \cdot 2H_2O$ 加热，能否制得无水 $CuCl_2$？

5. 解释下列现象：

（1）$CuCl_2$ 的稀溶液是蓝色，加入浓 HCl 后呈绿色；

（2）CuCl 不溶于水和稀 HCl 中，但溶于浓 HCl 中；

（3）AgCl 在水溶液中的溶解度随着盐酸浓度的增加先减少，然后增加；

（4）氯化银在氨溶液中溶解，但碘化银不溶于氨溶液。

6. 解释下列现象：

（1）Co^{3+} 不稳定而其配离子是稳定的；Co^{2+} 则反之。

（2）为什么蓝色的变色硅胶受潮后会变红？

7. 已知 $\varphi^{\Theta}_{Cr^{3+}/Cr^{2+}} = -0.4V$，你能预言 Cr^{2+} 离子在（1）pH = 7，（2）pH = 0 的无空气水中会发生什么现象？请用电极电势来说明。

8 往硫酸铜溶液中加入 Na_2CO_3 溶液能否得到碳酸铜沉淀？写出相应的反应方程式。

9. $CuSO_4$ 水溶液加入 I^- 或 CN^- 时，会得到 Cu（I）化合物的沉淀，但是 Cu_2SO_4 一遇水就会变成 $CuSO_4$ 和 Cu，这是为什么？

10. 解释下列现象：

（1）ZnS 能溶于盐酸和硫酸，但不溶于 HAc；CuS 不溶于盐酸和硫酸，而溶于硝酸。

（2）H_2S 通入 $ZnSO_4$ 溶液中，ZnS 的沉淀很不完全，但是如在 $ZnSO_4$ 溶液中先加若干 NaAc，再通 H_2S 气体，ZnS 的沉淀就几乎完全了。

（二）完成或写出反应方程式

1. 配平下列反应方程式：

（1）$VO_2^{+} + SO_2 \longrightarrow VO^{2+} + SO_4^{2-}$

（2）$VO^{2+} + MnO_4^{-} + H_2O \longrightarrow VO_2^{+} + Mn^{2+} + H^{+}$

2. 工业上如何制备金属钛？写出相应的化学反应式。

3. 完成下列各反应方程式：

（1）$MnO_2 + H_2SO_4$(浓) $\longrightarrow$

（2）$Mn^{2+} + NaBiO_3 + H^+ \longrightarrow$

（3）$MnSO_4 + K_2S_2O_8 + H_2O \longrightarrow$

4. 下列各种沉淀物，试选用配合剂分别将它们溶解，并写出化学反应式：

（1）$Cu(OH)_2$ （2）AgBr （3）$Zn(OH)_2$

5. 完成下列反应方程式：

（1）$FeCl_3 + H_2S \longrightarrow$

（2）$FeSO_4 + Br_2 + H_2SO_4 \longrightarrow$

（3）$FeCl_3 + KI \longrightarrow$

（4）$Co_2O_3 + HCl \longrightarrow$

6. 完成并配平下列反应式：

（1）$HgCl_2 + SnCl_2$（过量）$\longrightarrow$

（2）$Hg_2(NO_3)_2 + KI \longrightarrow$

（3）$ZnCl_2 + NaOH$（过量）$\longrightarrow$

（三）计算综合题

1. 元素钒的电极电势图为：

$$V^{V} \xleftrightarrow{+1.00V} V^{IV} \xleftrightarrow{+0.3V} V^{III} \xleftrightarrow{+0.2V} V^{II} \xleftrightarrow{-1.5V} V^{0}$$

已知：$\varphi^{\ominus}_{Zn^{2+}/Zn} = -0.76V$； $\varphi^{\ominus}_{Sn^{4+}/Sn^{2+}} = +0.15V$； $\varphi^{\ominus}_{Fe^{3+}/Fe^{2+}} = +0.76V$

请选择适当的还原剂还原（1）V^{V}到V^{II},(2)V^{V}到V^{III},(3)V^{V}到V^{IV}。

2. 已知：$\varphi^{\ominus}_{Cr^{2+}/Cr} = -0.9V$， $\varphi^{\ominus}_{Mn^{2+}/Mn} = -1.2V$， $\varphi^{\ominus}_{Cr^{3+}/Cr^{2+}} = -0.4V$，

$\varphi^{\ominus}_{Mn^{3+}/Mn^{2+}} = +1.5V$， $\varphi^{\ominus}_{Fe^{2+}/Fe} = -0.4V$， $\varphi^{\ominus}_{Fe^{3+}/Fe^{2+}} = +0.8V$

根据这些数据，回答下列问题：

（1）比较Fe^{3+}、Mn^{3+}和Cr^{3+}对于还原剂的稳定性。

（2）比较金属铁、铬、锰分别被氧化成Fe^{2+}、Cr^{2+}、Mn^{2+}的难易程度。

（3）一溶液中含有Cr^{2+}和Fe^{3+}离子，或者含有Fe^{2+}和Mn^{3+}离子会发生什么现象？

3. 利用锰的电势图回答：

（1）在酸性和碱性介质中哪些价态不稳定？

（2）在酸性和碱性介质中哪些可作氧化剂，各种氧化剂的还原产物是什么？

φ_A

$$MnO_4^- \xrightarrow{-0.564} MnO_4^{2-} \xrightarrow{-2.26} MnO_2 \xrightarrow{+0.59} Mn^{3+} \xrightarrow{+1.51} Mn^{2+} \xrightarrow{-1.18} Mn^0$$

（MnO_4^-—Mn^0：+1.5；MnO_4^{2-}—MnO_3^-：+2.0；MnO_3^-—MnO_2：+2.5）

φ_B

$$MnO_4^- \xrightarrow{+0.58} MnO_4^{2-} \xrightarrow{+0.60} MnO_2 \xrightarrow{-0.20} Mn(OH)_3 \xrightarrow{+0.10} Mn(OH)_2 \xrightarrow{-1.55} Mn^0$$

（MnO_4^-—MnO_2：+0.59；MnO_2—$Mn(OH)_2$：-0.05）

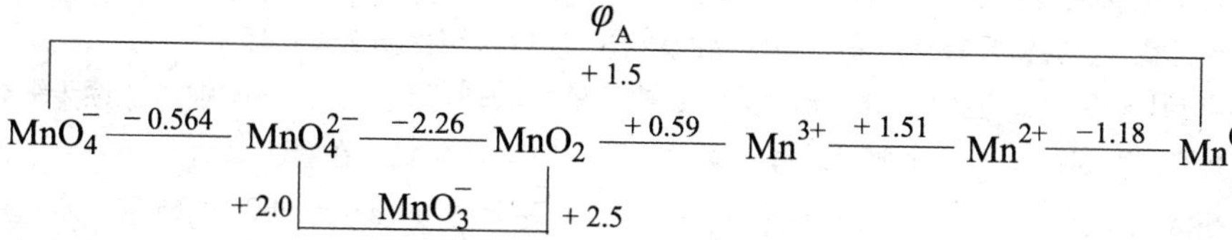

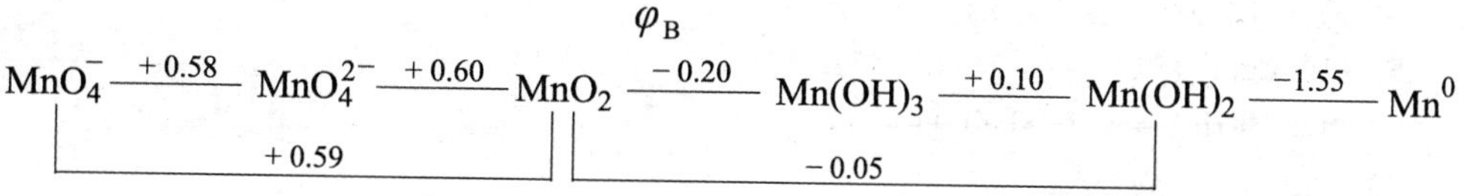

4. 有0.589g软锰矿样品，用1.651g草酸（$H_2C_2O_4 \cdot 2H_2O$）在酸性介质中处理，反应完成后，多余的草酸用30.06cm^3、0.100$mol \cdot dm^{-3}$的$KMnO_4$溶液滴定，试求矿样中MnO_2的质量百分比？

5. 钼是我国丰产元素，探明储量居世界之首。辉钼矿（MoS_2）是重要的钼矿，它在130 ℃，202650Pa氧压下跟苛性碱反应时，钼以MoO_4^{2-}离子进入溶液。

（1）试写出上述反应的离子方程式。

（2）在密闭容器中用硝酸来分解辉钼矿，氧化过程的条件为150～250 ℃，114575～1823850Pa氧压。反应过程中硝酸的实际消耗量很低，为什么？试通过化学方程式来解释。

6. 某金属M溶于稀盐酸中，会得到一种阳离子。在隔绝空气的情况下，加入碱性溶液，得到白色沉淀A。把A暴露在空气中，就会转变成绿色。最终转变为棕色固体B。把B灼烧，得到棕色固体C，C温和还原，得到具有磁性的黑色固体D。B能溶于稀盐酸，得到溶液E，E能氧化KI溶液生成I_2。但在过量的F^-离子的KI溶液中，E与KI不发生反应。当Cl_2通入浓的氢氧化钠的B悬浊液中，得到一种红色溶液F。试判断M和A→F为何物质。写出相应的化学反应方程式。

7. 某一样品仅含Fe和Fe_2O_3。把它溶于盐酸，用稍微过量的$SnCl_2$溶液还原，然后再用$HgCl_2$溶液处理：除去过量的$SnCl_2$。现有0.225g此样品，经过上述方法处理，再用水稀释成一定浓度的溶液。此溶液能使37.5cm^3、3.132$g \cdot dm^{-3}$的$KMnO_4$溶液退色。试计算此样品中Fe和Fe_2O_3的百分含量。

8. 正1价的金化合物在水溶液中发生歧化反应，生成Au^{+3}和Au：$3Au^+ = 2Au + Au^{3+}$，试计算此反应在25℃时的平衡常数。

已知：$Au^+ + e \longrightarrow Au$　　　$\varphi^\ominus = +1.68V$

$Au^{3+} + 2e \longrightarrow Au^+$　　　$\varphi^\ominus = +1.29V$

9. 把1.00g铜矿溶解后，Cu^{2+}(aq)与过量的KI反应，放出的碘需要11.2cm^3、0.1000$mol \cdot dm^{-3}$ $Na_2S_2O_3$来滴定。问此矿含Cu的质量百分比是多少？

二、自测题答案

（一）简答题

1. 二氧化钛性质稳定，和铅白相似，具有良好的遮盖能力，它又具有锌白一样的持久性，不像铅白会变黑。金属钛具有密度小，强度高的特点，所以常用来制造飞行器。

2. 当pH>13时，主要以VO_4^{3-}形式存在；当溶液的酸性增强时，正钒酸根离子逐步缩合为多钒酸根离子；当pH<1时，主要以二氧钒酸酰离子（VO_2^+）形式存在。

3. 在溶液中存在$2CrO_4^{2-} + 2H^+ \rightleftharpoons Cr_2O_7^{2-} + 2H_2O$平衡，$PbCrO_4$比$PbCr_2O_7$难溶于水，所以加入$Pb^{2+}$离子会生成黄色$PbCrO_4$沉淀。

4. 不能，因为加热会发生水解反应。

5. （1）$CuCl_2 + 2Cl^- = [CuCl_4]^{2-}$；

（2）$CuCl + HCl = H[CuCl_2]$；

（3）$AgCl = Ag^+ + Cl^-$

$AgCl + Cl = [AgCl_2]^-$

（4）AgI的溶解度比AgCl小。

6.（1）Co^{3+}的离子电荷比Co^{2+}高，离子半径比Co^{2+}小，对于简单阳离子，Co^{3+}有强烈地被还原为Co^{2+}的趋势，但对于配合物，Co^{3+}对配体产生较强的作用，使配体更靠近中心离子，使金属中心离子的d轨道进一步分裂，而使Co^{3+}配合物有更大的稳定化能，Co^{3+}配合物更稳定。

（2）$CoCl_2 \cdot H_2O$（蓝色）$\longrightarrow$ $CoCl_2 \cdot 6H_2O$（粉红色）

7. $2Cr^{2+} + 2H^+ \longrightarrow 2Cr^{3+} + H_2$

（1）$pH = 7, c(_{Cr}{}^{2+}) = 1mol \cdot dm^{-3}, E = -0.013 < 0$，溶液稳定，不发生氧化还原反应。

（2）$pH = 0, c(_{Cr}{}^{2+}) = 1mol \cdot dm^{-3}, E = 0.4 > 0$，发生氧化还原反应，放出氢气。

8. $2CuSO_4 + 2Na_2CO_3 + H_2O == Cu_2(OH)_2CO_3 \downarrow + 2Na_2SO_4 + CO_2 \uparrow$

9. 因为Cu^+在水溶液中不稳定，容易发生歧化反应生成Cu^{2+}和Cu。在水溶液中，有配离子存在时，Cu(Ⅰ)才能稳定存在。

10.（1）ZnS溶解度比CuS大，能溶于强酸，但不能溶于弱酸，CuS不溶于非氧化性酸，能被硝酸氧化而溶解。

（2）在$ZnSO_4$溶液中加入NaAc之后，溶液的pH升高，通H_2S，溶液中的S^{2-}离子浓度升高。

（二）完成或写出反应方程式

1.（1）$2VO_2{}^+ + SO_2 \longrightarrow 2VO^{2+} + SO_4{}^{2-}$

（2）$5VO^{2+} + MnO_4{}^- + H_2O \longrightarrow 5VO_2{}^+ + Mn^{2+} + 2H^+$

2. 工业上，首先将矿石处理得到易挥发的四氯化钛，然后在1070K用熔融的镁在氩气中还原$TiCl_4$可得多孔的海绵钛，化学反应如下：

$$FeTiO_3 + 2H_2SO_4 \longrightarrow TiOSO_4 + FeSO_4 + 2H_2O$$

$$TiOSO_4 + 2H_2O \longrightarrow H_2TiO_3 + H_2SO_4$$

$$H_2TiO_3 \longrightarrow TiO_2 + H_2O$$

$$TiO_2 + 2C + 2Cl_2 \longrightarrow TiCl_4 + 2CO$$

$$TiCl_4 + 2Mg \longrightarrow 2MgCl_2 + Ti$$

3.（1）$2MnO_2 + 2H_2SO_4 \xrightarrow{\Delta} 2MnSO_4 + O_2 + 2H_2O$

（2）$2Mn^{2+} + 5NaBiO_3 + 14H^+ \longrightarrow 2MnO_4{}^- + 5Bi^{3+} + 5Na^+ + 7H_2O$

（3）$2MnSO_4 + 5K_2S_2O_8 + 8H_2O \longrightarrow 2KMnO_4 + 4K_2SO_4 + 8H_2SO_4$

4.（1）$Cu(OH)_2 + 4NH_3 = [Cu(NH_3)_4]^{2+} + 2OH^-$

（2）$AgBr + 2Na_2S_2O_3 = Na_3[Ag(S_2O_3)_2] + NaBr$

（3）$Zn(OH)_2 + 2NaOH = Na_2[Zn(OH)_4]$

5.（1）$2FeCl_3 + H_2S = S + 2FeCl_2 + 2HCl$

（2）$2FeSO_4 + Br_2 + H_2SO_4 = Fe_2(SO_4)_3 + 2HBr$

（3）$2FeCl_3 + 2KI = 2FeCl_2 + 2KCl + I_2$

（4）$Co_2O_3 + 6HCl = 2CoCl_2 + Cl_2 + 3H_2O$

6.（1）$2HgCl_2 + SnCl_2 = SnCl_4 + Hg_2Cl_2$

（2）$Hg_2(NO_3)_2 + 2KI = HgI_2 + 2KNO_3 + Hg$

(3) $ZnCl_2 + 4NaOH = 2NaCl + Na_2[Zn(OH)_4]$

(三) 计算综合题

1. (1) Zn, (2) Sn^{2+}, (3) Fe^{2+}
2. (1) 稳定性: $Mn^{3+} > Fe^{3+} > Cr^{3+}$。
   (2) 锰最容易被氧化，其次是铬，铁最难氧化。
   (3) 发生氧化还原反应。
3. (1) 酸性介质中: Mn^{3+}, MnO_2, MnO_3^-不稳定。
   碱性介质中: MnO_4^{2-}, $Mn(OH)_3$不稳定。
   (2) 酸性介质中: MnO_4^-, MnO_4^{2-}, MnO_2, Mn^{3+}可做氧化剂，还原产物为Mn^{2+}。
在碱性介质中: MnO_4^-, MnO_2, $Mn(OH)_3$，可做氧化剂，还原产物为MnO_2或$Mn(OH)_2$。
4. 82.5%
5. (1) $MoS + 3O_2 + 4OH^- = MoO_4^{2-} + SO_4^{2-} + 2H_2O$
   (2) $MoS_2 + 6HNO_3 = H_2MoO_4 + 2H_2SO_4 + 6NO$
   $4NO + 3O_2 + 2H_2O = 4HNO_3$
6. M: FeA: $Fe(OH)_2$B: $Fe(OH)_3$C: Fe_2O_3D: Fe_3O_4E: $FeCl_3$
7. Fe: 74% Fe_2O_3: 26%
8. $K = 1.56 \times 10^{-13}$
9. 14.2%

第11章　分析化学基础知识

一、自测题

（一）填空题

1. 根据误差的性质和产生原因的不同，可将误差分为________和________。
2. 根据分析的目的和任务不同，分析方法可分为________、________和________。
3. 分析结果的准确度常用________表示
4. 正态分布规律反映了________误差的分布特点。
5. 精密度常用________、________、________、________表示。
6. 分析化学中有效数字的修约规则是________。
7. 空白试验是用于消除________带进杂质所造成的________误差。
8. 滴定管的读数误差为 ±0.1mL，则在一次滴定中的绝对测量误差为________ mL，要使滴定误差不大于0.1%，滴定剂的体积至少应该为________ mL。

（二）选择题

1. 下列情况属于偶然误差的是（　　）。
   A. 砝码腐蚀　　B. 滴定管读数错误
   C. 几次读数不一致　　D. 读取滴定管数值时总是略偏低
2. 下列情况属于系统误差的是（　　）。
   A. 操作时溶液溅出来了　　B. 称量时天平零点稍有变动
   C. 滴定管未经校准　　D. 几次滴定管读数不一致
3. 下列叙述正确的是（　　）。
   A. 准确度高，要求精密度高　　B. 精密度高，准确度一定高
   C. 精密度高，系统误差一定小　　D. 准确度是精密度的前提
4. 关于偶然误差的规律性，错误的是（　　）。
   A. 正负误差出现的概率相等　　B. 对测定结果的影响固定
   C. 特别大误差出现的几率极小　　D. 小误差出现概率大，大误差出现概率小
5. 下列说法错误的是（　　）。
   A. 有限次测量值的偶然误差服从正态分布　　B. 偶然误差在分析中是无法避免的
   C. 系统误差成正态分布　　D. 系统误差又称可测误差，具有单向性
6. 用 NaOH 标准溶液标定盐酸溶液的浓度。移取 25.00mL 的 0.108mol · L^{-1} NaOH 溶液，滴定消耗 31.02ml 盐酸，请问盐酸溶液浓度的有效数字位数为（　　）。
   A. 2　　B. 3　　C. 3　　D. 4

7. 提纯粗硫酸铜，平行测定 5 次，得到平均含量为 78.54%，若真实值为 79.01%，则两者差值 0.47% 为（　　）。

A. 标准偏差　　B. 相对偏差　　C. 绝对误差　　D. 相对误差

8. 某试样要求纯度的技术指标为≥99.0%，如下测定结果不符合标准的是（　　）。

A. 99.05%　　B. 98.96%　　C. 98.94%　　D. 98.95%

9. 38.65 可修约为（　　）。

A. 38.65　　B. 38.7　　C. 39.0　　D. 38.6

10. 测定试样中 CaO 的质量分数，称取试样 0.9080g，滴定消耗 EDTA 标液 20.50mL，以下结果表示正确的是（　　）。

A. 10%　　B. 10.1%　　C. 10.08%　　D. 10.077%

（三）计算题

1. 根据有效数字运算法则计算下列各式：

（1）$\dfrac{2.52\times4.10\times15.04}{6.15\times104}$　　（2）$\dfrac{3.10\times21.14\times5.10}{0.001120}$

（3）$\dfrac{51.0\times4.03\times10^{-4}}{2.512\times0.002034}$　　（4）$\dfrac{5.8\times10^{-6}\times(0.1048-2\times10^{-4})}{0.1044+2\times10^{-4}}$

（5）$(1.276\times4.17)+(1.7\times10^{-4})-(0.0021764\times0.0121)$

2. 设某痕量组分按下式计算分析结果：$x=\dfrac{A-C}{m}$，A 为测量值，C 为空白值，m 为试样质量。已知 $s_A=s_C=0.1$，$s_m=0.001$，$A=8.0$，$C=1.0$，$m=1.0$，求 s_x。

二、自测题答案

（一）填空题

1. 系统误差，偶然误差
2. 结构分析，定性分析，定量分析
3. 相对误差
4. 随机（偶然）
5. 平均偏差，相对平均偏差，标准偏差，相对标准偏差
6. 四舍六入五成双
7. 试剂和器皿，系统
8. ±0.2ml，20ml

（二）选择题

1. C　2. C　3. A　4. B　5. C　6. B　7. C　8C　9. B　10. C

（三）计算题

1. 解：（1）$\dfrac{2.52\times4.10\times15.04}{6.15\times104}=\dfrac{2.52\times4.10\times15.0}{6.15\times104}=0.242$

（2）$\dfrac{3.10\times21.14\times5.10}{0.001120}=\dfrac{3.10\times21.1\times5.10}{0.00112}=5.84\times10^{3}$

(3) $\frac{51.0\times4.03\times10^{-4}}{2.512\times0.002034}=\frac{51.0\times4.03\times10^{-4}}{2.51\times0.00203}=4.03$

(4) $\frac{5.8\times10^{-6}\times(0.1048-2\times10^{-4})}{0.1044+2\times10^{-4}}=\frac{5.8\times10^{-6}\times(0.1048-0.0002)}{0.1044+0.0002}=5.8\times10^{-6}$

(5) $(1.276\times4.17)+(1.7\times10^{-4})-(0.0021764\times0.0121)$

$=(1.28\times4.17)+(1.7\times10^{-4})-(0.00218\times0.0121)=5.34+0.00017-0.0000264$

$=5.34$

2. 解：$\frac{s_x^2}{x^2}=\frac{s_{(A-C)}^2}{(A-C)^2}+\frac{s_m^2}{m^2}=\frac{s_A^2+s_C^2}{(A-C)^2}+\frac{s_m^2}{m^2}=\frac{0.1^2+0.1^2}{(8.0-1.0)^2}+\frac{0.001^2}{1.0^2}=4.09\times10^{-4}$

且 $x=\frac{8.0-1.0}{1.0}=7.0$

故 $s_x=\sqrt{4.09\times10^{-4}\times7.0^2}=0.14$

第12章　滴定分析法

一、自测题

（一）选择题

1. 下面说法正确的是（　　）。

   A. pH 值越低，则 α_H 值越高，配合物越稳定

   B. pH 值越高，则 α_H 值越高，配合物越稳定

   C. pH 值越高，则 α_H 值越低，配合物越稳定

   D. pH 值越低，则 α_H 值越低，配合物越稳定

2. 用 EDTA 直接滴定有色金属离子 M，终点所呈现的颜色是（　　）。

   A. 游离指示剂的颜色　　B. EDTA－M 络合物的颜色

   C. 指示剂－M 络合物的颜色　　D. 上述 A＋B 的混合色

3. 配位滴定中，指示剂的封闭现象是由（　　）引起的。

   A. 指示剂与金属离子生成的络合物不稳定

   B. 被测溶液的酸度过高

   C. 指示剂与金属离子生成的络合物稳定性小于 MY 的稳定性

   D. 指示剂与金属离子生成的络合物稳定性大于 MY 的稳定性

4. 一般情况下，EDTA 与金属离子形成的络合物的络合比是（　　）。

   A. 1∶1　　B. 2∶1　　C. 1∶3　　D. 1∶2

5. 铝盐药物的测定常用配位滴定法。加入过量 EDTA，加热煮沸片刻后，再用标准锌溶液滴定。该滴定方式是（　　）。

   A. 直接滴定法　　B. 置换滴定法　　C. 返滴定法　　D. 间接滴定法

6. 某溶液主要含有 Ca^{2+}、Mg^{2+} 及少量 Al^{3+}、Fe^{3+}，今在 pH＝10 时加入三乙醇胺后，用 EDTA 滴定，用铬黑 T 为指示剂，则测出的是（　　）。

   A. Mg^{2+} 的含量　　B. Ca^{2+}、Mg^{2+} 的含量

   C. Al^{3+}、Fe^{3+} 的含量　　D. Ca^{2+}、Mg^{2+}、Al^{3+}、Fe^{3+} 的含量

7. 产生金属指示剂的僵化现象是因为（　　）。

   A. 指示剂不稳定　　B. MIn 溶解度小

   C. $K'MIn < K'MY$　　D. $K'MIn > K'MY$

8. 用 Zn^{2+} 标准溶液标定 EDTA 时，体系中加入六次甲基四胺的目的是（　　）。

   A. 中和过多的酸　　B. 调节 pH 值

   C. 控制溶液的酸度　　D. 起掩蔽作用

9. $\alpha_{M(L)}=1$ 表示（　　）。

A. M 与 L 没有副反应　　B. M 与 L 的副反应相当严重

C. M 的副反应较小　　D. ［M］＝［L］

10. 测定水中钙硬时，Mg^{2+} 的干扰用的是（　　）消除的。

A. 控制酸度法　B. 配位掩蔽法　C. 氧化还原掩蔽法　D. 沉淀掩蔽法

11. Fe^{3+}/Fe^{2+} 电对的电极电位升高和（　　）因素无关。

A. 溶液离子强度的改变使 Fe^{3+} 活度系数增加

B. 温度升高

C. 催化剂的种类和浓度

D. Fe^{2+} 的浓度降低

12. 二苯胺磺酸钠是 $K_2Cr_2O_7$ 滴定 Fe^{2+} 的常用指示剂，它属于（　　）。

A. 自身指示剂　　B. 氧化还原指示剂

C. 特殊指示剂　　D. 其他指示剂

13. 间接碘量法中加入淀粉指示剂的适宜时间是（　　）。

A. 滴定开始前　　B. 滴定开始后

C. 滴定至近终点时　　D. 滴定至红棕色褪尽至无色时

14. 碘量法测 Cu^{2+} 时，KI 最主要的作用是（　　）。

A. 氧化剂　B. 还原剂　C. 配位剂　D. 沉淀剂

15. 以 $K_2Cr_2O_7$ 法测定铁矿石中铁含量时，用 0.02mol/L$K_2Cr_2O_7$ 滴定。设试样含铁以 Fe_2O_3（其摩尔质量为 150.7g/mol）计约为 50%，则试样称取量应为（　　）。

A. 0.1g 左右　B. 0.2g 左右　C. 1g 左右　D. 0.35g 左右

16.（　　）是标定硫代硫酸钠标准溶液较为常用的基准物。

A. 升华碘　B. KIO_3　C. $K_2Cr_2O_7$　D. $KBrO_3$

17. $KMnO_4$ 滴定所需的介质是（　　）。

A. 硫酸　B. 盐酸　C. 磷酸　D. 硝酸

18. 在间接碘法测定中，下列操作正确的是（　　）。

A. 边滴定边快速摇动

B. 加入过量 KI，并在室温和避免阳光直射的条件下滴定

C. 在 70～80℃恒温条件下滴定

D. 滴定一开始就加入淀粉指示剂

19. $KMnO_4$法测石灰中 Ca 含量，先沉淀为 CaC_2O_4，再经过滤、洗涤后溶于 H_2SO_4中，最后用 $KMnO_4$滴定 $H_2C_2O_4$，Ca 的基本单元为（　　）。

A. Ca　B. 1/2Ca　C. 1/5Ca　D. 1/3Ca

20. 用 $BaSO_4$重量分析法测定 Ba^{2+}时，若溶液中还存在少量 Ca^{2+}、Na^+、CO_3^{2-}、Cl^-、H^+和 OH^-等离子，则沉淀 $BaSO_4$表面吸附杂质为（　　）。

A. SO_4^{2-}和 Ca^{2+}　　B. Ba^{2+}和 CO_3^{2-}

C. CO_3^{2-}和 Ca^{2+}　　D. H^+和 OH^-

21. 重量分析法测定 Ba^{2+}时，以 H_2SO_4作为 Ba^{2+}的沉淀剂，H_2SO_4应过量（　　）。

A. 1%～10%　B. 20%～30%　C. 50%～100%　D. 100%～150%

22. 在下列情况下的分析测定结果偏高的是（　　）。

A. pH11 时用铬酸钾指示剂法测定Cl^-

B. 试样中含有铵盐，在 pH10 时用铬酸钾指示剂法测定Cl^-

C. 用铁铵矾指示剂法测定 I^-时，先加入铁铵钒指示剂，再加入过量 $AgNO_3$后才进行测定

D. 用铁铵矾指示剂法测定Cl^-时，未加硝基苯

（二）判断题

1. 滴定分析中，反应常数 K 越大，反应越完全，则滴定突跃范围越宽，结果越准确。（　　）
2. 酸效应系数越大，配合物的实际稳定性越大。（　　）
3. 酸效应系数越大，配合滴定的 pM 突跃越大。（　　）
4. EDTA 滴定法中所用的金属指示剂的 $K^{\theta}_{MIn} > K^{\theta}_{MY}$。（　　）
5. 配合滴定的直接法，其滴定终点所呈现的颜色是游离金属指示剂的颜色。（　　）
6. Bi^{3+}和Pb^{2+}共存时，可控制适当的酸度滴定 Bi^{3+}；但 Ca^{2+} 和 Mg^{2+} 共存时却不能用控制适当的酸度滴定 Ca^{2+}。（　　）
7. 配制好的 $KMnO_4$溶液要盛放在棕色瓶中保护，如果没有棕色瓶应放在避光处保存。（　　）
8. 用 $Na_2C_2O_4$标定 $KMnO_4$，需加热到 70～80℃，在 HCl 介质中进行。（　　）
9. 使用直接碘量法滴定时，淀粉指示剂应在近终点时加入；使用间接碘量法滴定时，淀粉指示剂应在滴定开始时加入。（　　）
10. $K_2Cr_2O_7$标准溶液滴定 Fe^{2+}既能在硫酸介质中进行，又能在盐酸介质中进行。（　　）
11. 间接碘量法加入 KI 一定要过量，淀粉指示剂要在接近终点时加入。（　　）
12. 银量法中使用 $pK_a = 5.0$ 的吸附指示剂测定卤素离子时，溶液酸度应控制在 $pH > 5$。（　　）
13. 在沉淀滴定中，生成的沉淀的溶解度越大，滴定的突跃范围就越大。（　　）

（三）填空题

1. 滴定分析中，借助指示剂颜色突变即停止滴定，称为__________，指示剂变色点和理论上的化学计量点之间存在的差异而引起的误差称为__________。

2. 用强酸直接滴定弱碱时，要求弱碱的 $c \cdot K^{\theta}_b$ __________；滴定弱酸时，应使弱酸的__________。

3. 某三元酸的解离常数依次为 1×10^{-2}、1×10^{-6}和 1×10^{-12}，用 NaOH 标准溶液滴定该酸溶液至第一滴定终点是，溶液的 pH =__________，可选用__________作指示剂；滴定到第二滴定终点时，溶液的 pH =__________，应选用__________作指示剂。

4. 有一碱液可能是 NaOH 或 $NaHCO_3$，或它们的混合溶液。今用标准 HCl 溶液滴定，若以酚酞为指示剂，耗去 V_1mLHCl 溶液，若取同样量的该碱液，也用 HCl 溶液滴定，但以甲基橙作指示剂，耗去 V_2mLHCl 溶液．试由 V_1与 V_2的关系判断碱液的组成：

（I）当 $V_1 = V_2$时，组成是__________。

（II）当 $V_2 = 2V_1$时，组成是__________。

（III）当 $V_2 > 2V_1$时，组成是__________。

（IV）当 $V_1 < V_2 < 2V_1$时，组成是__________。

（V）当 $V_1=0$，$V_2>0$ 时，组成是__________。

5. EDTA 是__________的英文缩写，配制 EDTA 标准溶液时，常用__________。

6. 指示剂与金属离子的反应：In（蓝）+ M = MIn（红），滴定前，向含有金属离子的溶液中加入指示剂时，溶液呈__________色；随着 EDTA 的加入，当到达滴定终点时，溶液呈__________色。

7. 化学计量点之前，配位滴定曲线主要受__________效应影响；化学计量点之后，配位滴定曲线主要受__________效应影响。

8. EDTA 与金属离子之间发生的主反应为__________，配合物的稳定常数表达式为__________。

9. 配位滴定中，滴定突跃的大小决定于__________和__________。

10. 在氧化还原反应中，电对的电位越高，氧化态的氧化能力越__________；电位越低，其还原态的还原能力越__________。

11. 氧化还原滴定中，化学计量点附近电位突跃范围的大小和氧化剂与还原剂两电对的__________有关，它们相差越大，电位突跃越__________。

12. $KMnO_4$ 在__________溶液中氧化性最强，其氧化有机物的反应大都在__________条件下进行，因为__________。

13. 用淀粉作指示剂，当 I_2 被还原成 I^- 时，溶液呈__________色；当 I^- 被氧化成 I_2 时，溶液呈__________色。

14. 间接碘量法测定铜盐中的铜含量时，临近终点前应向溶液中加入__________，这是为了__________。

15. 沉淀滴定法中，铁铵钒指示剂法测定 Cl^- 时，为了防止 AgCl 沉淀的转化需加入__________。

（四）计算题

1. 某二元酸 H_2B，在 pH = 1.22 时，$\delta_{H2B}=\delta_{HB^-}$；pH = 4.19 时，$\delta_{HB^-}=\delta_{B2^-}$. 计算 H_2B 的 K_{a1}^{θ} 和 K_{a2}^{θ}；主要以 HB^- 存在（>50%）的 pH 范围，若用 0.1000mol · L^{-1} NaOH 滴定 0.1000mol · L^{-1} H_2B 会有几个突跃？在什么情况下可以准确滴定？化学计量点时的 pH 值是多少？选用何指示剂？

2. 含硫有机试样 0.3000g，经燃烧处理后，S 全部转变成 SO_2，用水吸收后，用 0.1000mol · L^{-1} NaOH 滴定，当终点时消耗 30.00mL，求试样中硫的含量。

3. 15mL0.020mol · L^{-1} EDTA 与 10 mL 0.020mol · L^{-1} Zn^{2+} 溶液相混合，若 pH 为 4.0，计算 $[Zn^{2+}]$。若欲控制 $[Zn^{2+}]$ 为 10^{-7} mol · L^{-1}，问溶液的 pH 应控制在多大?

4. 计算 pH = 5.0 时，Zn^{2+} 与 EDTA 配合物的条件稳定常数是多少？此时能否用 EDTA 滴定 Zn^{2+}？（设 EDTA 和 Zn^{2+} 的浓度均为 0.010mol · L^{-1} 且不考虑 Zn^{2+} 的副反应）。

5. pH = 5 时，锌和 EDTA 络合物的条件稳定程度是多少？假设 Zn2 + 和 EDTA 的浓度皆为 10.2mol · L^{-1}（不考虑羟基络合等副反应）。pH = 5 时，能否用 EDTA 标准溶液滴定 Zn2 + ?

6. 分析铜锌合金，称取 0.5000g 试样，处理成溶液后定容至 100mL。取 25.00mL，调至 pH = 6，以 PAN 为指示剂，用 0.05000mol · L^{-1} EDTA 溶液滴定 Cu^{2+} 和 Zn^{2+} 用去了 37.30mL。另取一份 25.00mL 试样溶液用 KCN 以掩蔽 Cu^{2+} 和 Zn^{2+}，用同浓度的 EDTA 溶液滴定 Mg^{2+}，用去 4.10mL。然后再加甲醛以

解蔽Zn^{2+}，用同浓度的EDTA溶液滴定，用去13.40mL。计算试样中铜、锌、镁的质量分数。

7. 计算$c_{Ag^+}=0.1mol \cdot L^{-1}$的$NH_3$溶液中$Ag^+/Ag$电对的条件电势。

已知$\varphi^{\theta}_{Ag^+/Ag}=0.7991V$，　$\alpha_{Ag^+}=1.26\times10^5$。(忽略离子强度的影响。)

8. 在酸性条件下，已知$MnO_4^- +8H^+ +5e \longrightarrow Mn^{2+} +4H_2O$，$\varphi^{\theta}_{MnO_4^-/Mn^{2+}}=1.491V$。

求其电极电势与pH值的关系，并计算pH=2.0时的条件电势。(忽略离子强度的影响。)

9. 10.00mL市售H_2O_2（相对密度$1.010g \cdot mL^{-1}$）需用36.82mL0.02400$mol \cdot L^{-1}$ $KMnO_4$溶液滴定，计算溶液中H_2O_2的质量分数。

10. 某试剂厂生产试剂$FeCl_3 \cdot 6H_2O$，国家规定其二级品含量不少于99.00%，三级品含量不少于98.00%。为了检查质量，称取0.5000g试样，溶于水，加入浓HCl溶液3mL和KI试剂2g，最后用0.1000$mol \cdot L^{-1}$ $Na_2S_2O_3$标准溶液18.17mL滴定至终点。该试剂属于哪一级?

11. 称取NaCl基准试剂0.1773g，溶解后加入30.00mL$AgNO_3$标准溶液，过量的Ag^+需要3.20mLNH_4SCN标准溶液滴定至终点。已知20.00mL $AgNO_3$标准溶液与21.00mLNH_4SCN标准溶液能完全作用，计算$AgNO_3$和NH_4SCN溶液的浓度各为多少?(已知$M_{NaCl}=58.44$)

二、自测题答案

(一) 选择题

1. C　2. D　3. D　4. A　5. C　6. B　7. B　8. B　9. C　10. D
11. C　12. B　13. C　14. B　15. D　16. C　17. A　18. B　19. B　20. A
21. B　22. C

(二) 判断题

1. 对　2. 错　3. 错　4. 错　5. 对　6. 错　7. 对　8. 错　9. 错　10. 对
11. 对　12. 错　13. 错

(三) 填空题

1. 滴定终点，终点误差
2. $>10^{-8}$，$C \cdot Ka>10^{-8}$
3. 4，甲基橙，9，酚酞
4. NaOH，Na_2CO_3，$Na_2CO_3+NaHCO_3$，$NaOH+Na_2CO_3$，$NaHCO_3$
5. 乙二胺四乙酸，$Na_2H_2Y \cdot 2H_2O$
6. 红，蓝
7. 配位，酸
8. M+Y=MY，$K_{MY}=[MY]/[M][Y]$
9. 配合物的条件稳定常数，金属离子的起使浓度
10. 强，强
11. 条件电极电位，大
12. 强酸性，碱性，反应速率快

13. 无，蓝

14. KSCN，使 CuI 沉淀转化为溶解度更小的 CuSCN 以减少对 I_2 的吸附

15. 硝基苯

(四) 计算题

1. $K_{a1}=6.0\times10^{-2}$；$K_{a2}=6.4\times10^{-5}$；pH = 1.22 ~ 4.19；1 个突跃；8.36；酚酞作指示剂

2. 16.03%

3. $pZn^{2+}=7.6$，pH = 3.8

4. 解：(1)　已知：$\lg K^{\theta}_{ZnY}=16.50$；pH = 5.0 时，$\lg\alpha_{Y(H)}=6.45$

$\therefore$　$\lg K'_{ZnY}=\lg K^{\theta}_{ZnY}-\lg\alpha_{Y(H)}=16.50-6.45=10.05$

即　$K'_{ZnY}=10^{10.05}=1.12\times10^{10}$

(2)　$\therefore$　$cK'_{ZnY}=0.010\times10^{10.05}=10^{8.05}>10^{6}$

所以可以用 EDTA 滴定 Zn^{2+}。

5. 解：$\lg K'_{ZnY}=\lg K_{ZnY}-\lg\alpha_{Y(H)}=16.50-6.45=10.05>8$

$\therefore$ 在 pH = 5 时，可准确测定 Zn^{2+} 或求出测 Zn^{2+} 的最低 pH 值

$\lg\alpha_{Y(H)}\leqslant\lg K_{ZnY}-8=16.5-8=8.5$

pH > 4.0 即可

$\therefore$ 在 pH = 5 时能准确测 Zn^{2+}

6. 60.75%、35.04%、3.90%

7. 解：$\varphi'_{Ag^+/Ag}=\varphi^{\theta}_{Ag^+/Ag}+0.0592\lg\dfrac{1}{\alpha_{Ag^+}}$　（其中 α_{Ag^+} 为 Ag^+-NH_3 的副反应系数）

$$=0.7991+0.0592\lg\frac{1}{1.26\times10^{5}}$$

$$=0.4972(V)$$

8. 解：根据能斯特方程

$$\varphi_{MnO_4^-/Mn^{2+}}=\varphi^{\theta}_{MnO_4^-/Mn^{2+}}+\frac{0.0592}{5}\lg\frac{[MnO_4^-][H^+]^8}{[Mn^{2+}]}$$

$$=\varphi^{\theta}_{MnO_4^-/Mn^{2+}}+\frac{0.0592}{5}\lg\frac{[MnO_4^-]}{[Mn^{2+}]}-\frac{0.0592\times8}{5}pH$$

再根据条件电势的定义，$[MnO_4^-]=[Mn^{2+}]=1.0mol\cdot L^{-1}$ 时，

$$\varphi'_{MnO_4^-/Mn^{2+}}=\varphi^{\theta}_{MnO_4^-/Mn^{2+}}-\frac{0.0592\times8}{5}pH$$

pH = 2.0 时，$\varphi'_{MnO_4^-/Mn^{2+}}=1.491-\dfrac{0.0592\times8}{5}\times2=1.303(V)$

9. 解：滴定反应为　$5H_2O_2+2MnO_4^-+6H^+=2Mn^{2+}+5O_2+8H_2O$

由 $KMnO_4$ 与 H_2O_2 之间反应的计量关系为，可知　$n_{H_2O_2}=\dfrac{5}{2}n_{MnO_4^-}$

故　$$H_2O_2\%=\frac{\frac{5}{2}(cV)_{KMnO_4}M_{H_2O_2}}{G}\times100\%$$

$$=\frac{\frac{5}{2}\times 0.02400\times 36.82\times 10^{-3}\times 34.02}{10.00\times 1.010}\times 100\%$$

$$=0.74\%$$

10. 解：$2Fe^{3+}+2I^{-}=2Fe^{2+}+I_2$

$$I_2+2S_2O_3^{2-}=S_4O_6^{2-}+2I^{-}$$

$$n_{Fe^{3+}}=2n_{I_2}=n_{S_2O_3^{2-}}$$

$$w_{FeCl_3\cdot 6H_2O}=\frac{(cV)_{Na_2S_2O_3}M_{FeCl_3\cdot 6H_2O}}{G}\times 100\%$$

$$=\frac{0.1000\times 18.17\times 10^{-3}\times 270.3}{0.5000}\times 100\%=98.23\%$$

所以该试剂属于三级品。

11. 解：过量 $AgNO_3$ 的体积 $V=3.20\times\frac{20.00}{21.00}=3.05(mL)$

$$c_{AgNO_3}=\frac{0.1773}{(30.00-3.05)\times 10^{-3}\times 58.44}=0.1126(mol/L)$$

$$0.1126\times 20.00=c_{NH_4SCN}\times 21.00$$

$$c_{NH_4SCN}=0.1072(mol/L)$$

第 13 章　重量分析法

一、自测题

(一)简答题

1. 沉淀是怎样形成的？形成沉淀的性状主要与哪些因素有关？其中哪些因素主要由沉淀本质决定？哪些因素与沉淀条件有关？

2. 要获得纯净而易于分离和洗涤的晶形沉淀,需采取些什么措施？为什么？

3. $BaSO_4$ 和 AgCl 的 K_{sp} 相差不大,但在相同条件下进行沉淀,为什么所得沉淀的类型不同？

4. 说明沉淀表面吸附的选择规律,如何减少表面吸附的杂质？

5. 为什么要进行陈化？哪些情况不需要进行陈化？

6. 什么是均相沉淀法？与一般沉淀法相比,它有何优点？

7. 共沉淀和后沉淀区别何在？它们是怎样发生的？对重量分析有什么不良影响？在分析化学中什么情况下需要利用共沉淀？

8. 某溶液中含 SO_4^{2-}、Mg^{2+} 两种离子,欲用重量法测定,试拟定简要方案。

(二)计算题

1. 用 $BaSO_4$ 重量分析法测定黄铁矿中硫的含量时,称取试样 0.2436g,最后得到 $BaSO_4$ 沉淀 0.5218g,计算试样中硫的质量分数。

2. 计算下列重量因数：

测定物	称量物
(1) FeO	Fe_2O_3
(2) $KCl(\rightarrow K_2PtCl_6 \rightarrow Pt)$	
(3) Al_2O_3	$Al(C_9H_6ON)_3$
(4) P_2O_5	$(NH_4)_3PO_4 \cdot 12MoO_3$

3. 测定硅酸盐中 SiO_2 的质量，称取试样 0.5000g，得到不纯的 SiO_2 0.2835g。将不纯的 SiO_2 用 HF 和 H_2SO_4 处理，使 SiO_2 以 SiF_4 的形式逸出，残渣经灼烧后为 0.0015g，计算试样中 SiO_2 的质量分数。若不用 HF 及 H_2SO_4 处理，测定结果的相对误差为多大？

4. 今有纯的 CaO 和 BaO 的混合物 2.212g，转化为混合硫酸盐后重 5.023g，计算原混合物中 CaO 和 BaO 的质量分数。

5. 称取 0.4817g 硅酸盐试样，将它作适当处理后，获得 0.2630g 不纯的 SiO_2（主要含有 Fe_2O_3、Al_2O_3 等杂质）。将不纯的 SiO_2 用 H_2SO_4 – HF 处理，使 SiO2 转化为 SiF_4 而除去。残渣经灼烧后，其质量为 0.0013g。计算试样中纯 SiO_2 的含量。若不经 H_2SO_4-HF 处理，杂质造成的误差有多大？

6. 称取某可溶性盐 0.3232g，用硫酸钡重量法测定其中含硫量，得 $BaSO_4$ 沉淀 0.2982g，计算试样含 SO_3 的质量分数。

7. 计算 $BaSO_4$ 的溶解度。(1) 在纯水中；(2) 考虑同离子效应，在 0.10mol/L$BaCl_2$ 溶液中；

8. 以过量的 $AgNO_3$ 处理 0.3500g 的不纯 KCl 试样，得到 0.6416gAgCl，求该试样中 KCl 的质量分数。

9. 灼烧过的 $BaSO_4$ 沉淀为 0.5013g，其中有少量 BaS，用 H_2SO_4 润湿，过量的 H_2SO_4 蒸气除去。再灼烧后称得沉淀的质量为 0.5021，求 $BaSO_4$ 中 BaS 的质量分数。

二、自测题答案

(一) 简答题

1. 沉淀的形成一般要经过晶核形成和晶核长大两个过程。将沉淀剂加入试液中，当形成沉淀离子浓度的乘积超过该条件下沉淀的溶度积时，离子通过相互碰撞聚集成微小的晶核，溶液中的构晶离子向晶核表面扩散，并沉淀在晶核上，晶核就逐渐长大成沉淀颗粒。离子形成晶核，再进一步聚集成沉淀颗粒的速度为聚集速率。在聚集的同时，构晶离子在一定晶格中定向排列的速率为定向速率。如果聚集速率大，定向速率小，即离子很快地聚集生成沉淀颗粒，却来不及进行晶格排列，则得到非晶形沉淀。反之，如果定向速率大，聚集速率小，即离子较缓慢地聚集成沉淀颗粒，有足够时间进行晶格排列，则得到晶形沉淀。其中定向速率主要由沉淀物质本性决定，而聚集速率主要与沉淀条件有关。

2. 欲得到晶形沉淀应采取以下措施：(1) 在适当稀的溶液中进行沉淀，以降低相对过饱和度。(2) 在不断搅拌下慢慢地加入稀的沉淀剂，以免局部相对过饱和度太大。(3) 在热溶液中进行沉淀，使溶解度略有增加，相对过饱和度降低。同时，温度升高，可减少杂质的吸附。(4) 陈化。陈化就是在沉淀完全后将沉淀和母液一起放置一段时间。在陈化过程中，小晶体逐渐溶解，大晶体不断长大，最后获得粗大的晶体。同时，陈化还可以使不完整的晶粒转化为较完整的晶粒，亚稳定的沉淀转化为稳定态的沉淀。也能使沉淀变得更纯净。

3. 因为 $BaSO_4$ 形成晶核的临界均相过饱和比为 1000，AgCl 的临界均相过饱和比则为 5.5，所以虽然两者的 k_{sp} 基本相等，但当加入沉淀剂时 $BaSO_4$ 不宜超过其 Q/S，不致产生太多的晶核，故生成较大的沉淀颗粒；而 AgCl 则容易超过其 Q/S，易形成大量的晶核，所以沉淀颗粒非常微小，而形成凝乳状沉淀。

4. 第一吸附层的吸附规律是：首先吸附构晶离子，其次是与构晶离子的半径大小相近、所带电荷相同的离子。第二吸附层的吸附规律是：电荷数越高的离子越容易被吸附；与构晶离子能形成难溶或溶解度较小的化合物的离子容易被吸附。

此外沉淀的总表面积越大、杂质离子浓度越大吸附杂质越多，温度越高吸附杂质越少。

减少表面吸附杂质的办法：(1) 选择适当的分析程序；(2) 降低易被吸附的杂质离子浓度；(3) 用适当的洗涤剂进行洗涤；(4) 必要时进行再沉淀；(5) 选择适当的沉淀条件。

5. 初生成的沉淀颗粒有大有小，而大颗粒的溶解度比小颗粒小，经陈化之后，小的沉淀颗粒的溶解，大的沉淀颗粒长的更大；另外还可以使亚稳态晶型沉淀变成稳态晶型沉淀，使不完整的晶体沉淀变成完整的晶体沉淀，因而减少杂质含量，便于过滤和洗涤，所以要进行陈化过程。

当有后沉淀现象发生时，陈化反应增加杂质的含量；对于高价氢氧化物陈化时会失去水分而聚集的十分紧密，不易洗涤除去所吸附的杂质。所以在上述情况下，沉淀完毕应立即过滤，不需要进行陈化。

6. 均相沉淀法就是通过溶液中发生的化学反应，缓慢而均匀地在溶液中产生沉淀剂，从而使沉淀在整个溶液中均匀地、缓慢地析出。均匀沉淀法可以获得颗粒较粗，结构紧密，纯净而又易规律的沉淀。

7. 当一种难溶物质从溶液中沉淀析出时，溶液中的某些可溶性杂质会被沉淀带下来而混杂于沉淀中，这种现象为共沉淀，其产生的原因是表面吸附、形成混晶、吸留和包藏等。后沉淀是由于沉淀速度的差异，而在已形成的沉淀上形成第二种不溶性物质，这种情况大多数发生在特定组分形成稳定的过饱和溶液中。无论是共沉淀还是后沉淀，它们都会在沉淀中引入杂质，对重量分析产生误差。但有时候利用共沉淀可以富集分离溶液中的某些微量成分。

8. 在溶液中加入 Ba^{2+} 生成 $BaSO_4$ 沉淀，过滤，沉淀烘干、灼烧，称重后利用化学因数计算 SO_4^{2-} 含量。滤液中加入 $(NH_4)_2HPO_4$，将 Mg 沉淀为 $MgNH_4PO_4 \cdot 6H_2O$，过滤，沉淀经烘干、灼烧，得到称量形式 $Mg_2P_2O_7$。称重后利用化学因数计算镁含量。

（二）计算题

1. 解：$$w(\mathrm{S}) = \frac{mF}{m_s} \times 100\% = \frac{m \times \frac{M(\mathrm{S})}{M(\mathrm{BaSO_4})}}{m_s} \times 100\%$$

$$= \frac{0.5218 \times \frac{32.06\mathrm{g/mol}}{233.4\mathrm{g/mol}}}{0.2436} \times 100\%$$

$$= 29.42\%$$

2. 解：(1) $$\frac{2m(\mathrm{FeO})}{m(\mathrm{Fe_2O_3})} = \frac{2 \times 71.85}{159.69} = 0.8999$$

(2) $$\frac{2m(\mathrm{KCl})}{A(\mathrm{Pt})} = \frac{2 \times 74.55}{195.08} = 0.7643$$

(3) $$\frac{m(\mathrm{Al_2O_3})}{2m(\mathrm{Al(C_9H_6ON)_3})} = \frac{101.96}{2 \times 459.44} = 0.1110$$

(4) $$\frac{m(\mathrm{P_2O_5})}{2m(\mathrm{NH_4})_3\mathrm{PO_4} \cdot 2\mathrm{MoO_3}} = \frac{141.94}{2 \times 1876.3} = 0.03782$$

3. 解：$$\mathrm{SiO_2}\% = \frac{0.2835 - 0.0015}{0.5000} \times 100\% = 56.40\%$$

若不用 HF 处理，所得结果为：

$$\mathrm{SiO_2}\% = \frac{0.2835}{0.5000} \times 100\% = 56.70\%$$

分析结果的相对误差为：

$$\frac{56.70-56.40}{56.40}\times 100\% = 0.53\%$$

4. 设 CaO 和 BaO 的质量分别为 xg 和 yg， $x+y=2.212$， $x\times\frac{M_{CaSO_4}}{M_{CaO}}+y\times\frac{M_{BaSO_4}}{M_{BaO}}=5.023$

得：$x=1.828$g　　$y=0.344$g

混合物中 CaO 和 BaO 的质量分数分别为 82.64% 和 17.36%。

5. 试样中纯 SiO_2的含量为 $\frac{0.2630-0.0013}{0.4817}\times 100 = 54.33\%$

若不经 H_2SO_4-HF 处理，杂质造成的误差为 $\frac{\frac{0.2630}{0.4817}-0.5433}{0.5433}\times 100 = 0.49\%$

6. 解：

$$w(SO_3)=\frac{m(BaSO_4)\frac{M(SO_3)}{M(BaSO_4)})}{m_s}\times 100\%$$

$$=\frac{0.2982\times 0.3430}{0.3232}\times 100\% = 31.65\%$$

7. （1）设 $BaSO_4$在纯水中之溶解度为 S_1

则 $[Ba^{2+}]=[SO_4{}^{2-}]=S_1$

$K_{sp}=[Ba^{2+}][SO_4{}^{2-}]=S_1{}^2$

所以 $S_1=\sqrt{K_{sp}}=\sqrt{1.1\times 10^{-10}}$

$=1.05\times 10^{-5}$mol/L

（2）设 $BaSO_4$在 0.10mol/L$BaCl_2$溶液中之溶解度为 S_2.

则 $[SO_4{}^{2-}]=S_2$　　$[Ba^{2+}]=0.10+S_2$

因为 $S_2\ll 0.10$

所以 $[Ba^{2+}]=0.10$

$K_{sp}=[Ba^{2+}][SO_4{}^{2-}]=0.10S_2$

$S_2=K_{sp}/0.10=(1.1\times 10^{-10})/0.10$

$=1.1\times 10^{-9}$mol/L

8. KCl 的质量分数为 $\frac{0.6416\times\frac{M_{KCl}}{M_{AgCl}}}{0.3500}\times 100=\frac{0.6416\times\frac{74.56}{143.32}}{0.3500}\times 100 = 95.37\%$

9. 灼烧过的 $BaSO_4$沉淀为 0.5013g，其中有少量 BaS，用 H_2SO_4润湿，过量的 H_2SO_4蒸气除去。再灼烧后称得沉淀的质量为 0.5021，求 $BaSO_4$中 BaS 的质量分数。

解：设的质量为 xg，则

$$0.5021-\frac{M_{BaSO_4}}{M_{BaS}}x=0.5013-x$$

$$0.5021 - \frac{233.4}{169.4}x = 0.5013 - x$$

解得$x = 2.1 \times 10^{-3}$g

$$BaS\% = \frac{2.1 \times 10^{-3}}{0.5013} \times 100\%$$

$$= 0.42\%$$

第14章　吸光光度法

一、自测题

(一) 选择题

1. 影响有色配合物的摩尔吸光系数的因素是（　　）。
  A. 比色皿的厚度   B. 入射光的波长
  C. 有色配合物的浓度   D. 都不是

2. 在光度分析中，某有色溶液的吸光度（　　）。
  A. 随溶液浓度的增大而增大   B. 随溶液浓度的增大而减小
  C. 与有色溶液浓度无关   D. 随溶液浓度的变化而变化

3. 在光度分析中，某有色溶液的最大吸收波长（　　）。
  A. 随溶液浓度的增大而增大   B. 随溶液浓度的增大而减小
  C. 与有色溶液浓度无关   D. 随溶液浓度的变化而变化

4. 人眼能感觉到的光称为可见光，其波长范围是（　　）。
  A. $400 \sim 760 nm$ B. $200 \sim 400 nm$
  C. $200 \sim 600 nm$ D. $400 \sim 1000 nm$

5. 吸光光度法属于（　　）。
  A. 滴定分析法   B. 重量分析法
  C. 仪器分析法   D. 化学分析法

6. 可见光分光度计的光源是（　　）。
  A. 灯   B. 钨丝灯   C. 气灯   D. 自然光

7. 某物质摩尔吸光系数（ε）很大，则表明（　　）。
  A. 该物质对某波长的吸光能力很强   B. 该物质浓度很大
  C. 光通过该物质溶液的光程长   D. 测定该物质的精密度高

8. 已知 $KMnO_4$ 的摩尔式量为 158.04，$\varepsilon_{545} = 2.2 \times 10^3$，今在 545nm 处用浓度为 0.0020% $KMnO_4$ 溶液，3.00 比色皿测得透光率为（　　）。
  A. 15%   B. 83%   C. 25%   D. 53%

(二) 判断题

1. 分光光度法中的吸光值只与溶液浓度成正比。   （　　）
2. 有色溶液的吸光度为 0 时，其透光率也为 0。   （　　）
3. 分光光度计的单色器的作用是把光源发出的复合光分解为单色光。   （　　）
4. 分光光度法不可以在一个试样中同时测定多种组分。   （　　）

5. 根据朗伯比尔定律，被测定溶液浓度越大，吸光度越大，测定结果也就越准确。（　　）

（三）填空题

1. 测量某有色络合物的透光度时，若吸收池厚度不变，当有色络合物浓度为 c 时的透光度为 T，当其浓度为 $\frac{1}{3}c$ 时的透光度为__________。

2. 苯酚在水溶液中摩尔吸光系数ε为 $6.17\times10^3 L\cdot mol^{-1}\cdot cm^{-1}$，若要求使用 1cm 吸收池时的透光度为 0.15 ~0.65 之间，则苯酚的浓度应控制在__________。

3. 影响有色络合物的摩尔吸光系数的因素是__________。

4. 称取苦味酸胺 0.0250g，处理成 1L 有色溶液，在 380nm 处以 1cm 吸收池测得吸光度 $A=0.760$，已知其摩尔吸光系数ε为 $10^{4.13} L\cdot mol^{-1}\cdot cm^{-1}$，则其摩尔质量为__________。

5. 可见光分光光度计的光源为__________，测定时选用__________比色皿。

（四）计算题

1. 有一溶液，每毫升含铁 0.056mg，吸取此试液 2.0ml 于 50ml 容量瓶中显色，用 1cm 吸收池于 508nm 处测得吸光度 $A=0.400$，计算吸光系数 a，摩尔吸光系数 k。

2. 现取某含铁试液 2.00ml 定容至 100ml，从中吸取 2.00ml 显色定容至 50ml，用 1cm 吸收池测得透射比为 39.8%，已知显色络合物的摩尔吸光系数为 $1.1\times10^4 L\cdot mol^{-1}\cdot cm^{-1}$。求某含铁试液中铁的含量（以 $g\cdot L^{-1}$ 计）

3. 用分光光度法测定铁，有下述两种方法：A 法：$a=1.97\times10^2 L\cdot g^{-1}\cdot cm^{-1}$；B 法：$\kappa=4.10\times10^3 L\cdot mol^{-1}\cdot cm^{-1}$。问：（1）何种方法灵敏度高？（2）若选用其中灵敏度高的方法，欲使测量误差最小，显色液中铁的浓度为多少？此时 $\Delta c/c$ 为多少？已知 $\Delta T=0.003$，$b=1cm$。

4. 用 8－羟基喹啉－氯仿萃取光度法测定 Fe^{2+} 和 Al^{3+} 时，吸收光谱有部分重叠。在相应条件下，用纯铝 1.0μg 显色后，在波长为 390nm 和 470nm 处分别测得 A 为 0.025 和 0.000；用纯铁 1.0μg 显色后，在波长为 390nm 和 470nm 处分别测得 A 为 0.010 和 0.020。今称取含铁和铝的试样 0.100g，溶解后定容至 100ml，吸取 1mL 试液在相应条件下显色，在波长 390nm 和 470nm 处分别测得吸光度为 0.500 和 0.300。已知显色液均为 50ml，吸收池均为 1cm。求试样中铁和铝的质量分数。

二、自测题答案

（一）选择题

1. B　2. A　3. C　4. A　5. C　6. B　7. A　8. A

（二）判断题

1. 错　2. 错　3. 对　4. 对　5. 错

（三）填空题

1. $T^{\frac{1}{3}}$　　2. $3.2\times10^{-5}\cdot mol/L$ 至 $1.3\times10^{-4}\cdot mol/L$

3. 入射光的波长　　　　　4. 444g/mol

5. 钨灯，玻璃

（四）计算题

1. 解：$1.8\times10^{2}L\cdot g^{-1}\cdot cm^{-1}$，$1.0\times10^{4}L\cdot mol^{-1}\cdot cm^{-1}$

2. 解：$2.54g\cdot L^{-1}$

3. 解：A 法灵敏度高，0.82%

4. 解：wFe = 1.5%，wAl = 1.4%

第15章　分析化学中常用的分离方法

一、自测题

（一）填空题

1. 分析化学中常用的分离方法有__________分离法、__________分离法、__________分离法、__________分离法和__________分离法。

2. 萃取分离法是基于物质在互不相溶的两相中__________的不同而建立的分离方法，萃取过程的本质是将物质由__________性转化为__________性的过程。

3. 萃取体系主要有__________体系和__________体系。

4. 离子交换树脂是一类具有__________结构的高分子聚合物。按照活性基团的不同，离子交换树脂可分为__________离子交换树脂、__________离子交换树脂及螯合树脂。

5. 强酸性的阳离子交换树脂的活性基团为__________。

6. 离子交换树脂的酸性越弱，则 H^+ 与其的亲和力越__________，离子交换树脂的碱性越弱，则 OH^- 与其的亲和力越__________。

7. 离子交换树脂的交换容量是指__________，它取决于树脂网状结构中__________。

8. 树脂的交联度是指__________，交联度的大小直接影响树脂的__________。

9. 薄层层析法是以__________作为固定相，分离结束后，溶剂前沿离原点的距离为10cm，某组分斑点离原点的距离为5cm，则该组分的比值为__________。

10. 醋酸在苯和水中的分配过程可表示为：$CH_3COOH_{水} \longrightarrow CH_3COOH_{苯}$，但是在水相中还可能存在 CH_3COO^- 离子，在有机相中则可能存在二聚体$(CH_3COOH)_{2苯}$，当用苯萃取醋酸时，分配系数表达式为__________，分旁边的表达式为__________。

（二）选择题

1. 能用过量 NaOH 溶液分离的混合离子是（　　）。

   A. Pb^{2+}，Al^{3+}　　B. Mn^{2+}，Fe^{3+}　　C. Al^{3+}，Ni^{2+}　　D. Co^{2+}，Ni^{2+}

2. 能用 pH = 9 的氨性缓冲溶液分离的混合离子是（　　）。

   A. Mg^{2+}，Ag^+　　B. Fe^{3+}，Ni^{2+}　　C. Pb^{2+}，Mn^{2+}　　D. Co^{2+}，Cu^{2+}

3. 在 pH = 2，EDTA 存在的情况下，用二硫腙 - $CHCl_3$ 萃取 Ag^+。今有含 Ag^+ 溶液 50ml，用 20ml 萃取剂分两次萃取，一直萃取率为 89%，则其分配比为（　　）。

   A. 100　　B. 80　　C. 50　　D. 5

4. 在一定的萃取体系中，当萃取溶剂的总体积一定时，为提高萃取效率，下列方法中最有效的方法是（　　）。

   A. 提高萃取时的温度　　B. 提高萃取时的压力

C. 减少萃取次数，增加每次萃取液的体积

D. 增加萃取次数，减少每次萃取液的体积

5. 现有含 Al^{3+} 样品的溶液 100mL，欲每次用 20mL 的乙酰丙酮萃取，已知分配比为 10，为使萃取率大于 95%，应至少萃取（　　）。

A. 4 次　　B. 3 次　　C. 2 次　　D. 1 次

6. 硫化物沉淀分离法中，常用的沉淀剂为（　　）。

A. Na_2S　　B. H_2S　　C. $(NH_4)_2S$　　D. K_2S

7. 下列几种离子交换树脂中，最容易与 H^+ 交换的是（　　）。

A. R－COONa　　B. $R-SO_3Na$　　C. R－ONa　　D. $R=NH_2^+Cl^-$

8. 用层析法分离 Fe^{3+}，Co^{2+}，Ni^{2+}，以正丁醇－丙酮－浓盐酸为展开剂，若展开剂的前沿与原点的距离为 13cm，斑点中心与原点的距离为 5.2cm，则 Co^{2+} 的比移值 R_f 为（　　）。

A. 0.4　　B. 2.5　　C. 0.78　　D. 0.67

9. 金属离子与下列哪种试剂所形成的配合物最容易被有机溶剂萃取（　　）。

A. EDTA　　B. 8－羟基喹啉　　C. 2－羟基丙酸　　D. 磺基水杨酸

10. 薄层层析分离法是给予物质在固定相和分配相中的（　　）不同。

A. 溶解度　　B. 分配比　　C. 存在形式　　D. 亲和力

（三）计算题

1. 向 $0.02mol \cdot L^{-1} Fe^{3+}$ 溶液中加入 NaOH，要使沉淀达到 99.99% 以上，溶液 pH 至少是多少？若溶液中除剩余 Fe^{3+} 外，尚有少量 $FeOH^+$（$\beta = 1 \times 10^4$），溶液的 pH 又至少是多少？

2. 某溶液含 Fe^{3+} 10mg，用有机溶剂萃取它时，分配比为 99，问用等体积溶剂萃取 1 次和 2 次后，剩余 Fe^{3+} 量各是多少？若在萃取 2 次后，分出有机相，用等体积水洗一次，会损失多少 Fe^{3+}？

3. 用氯仿萃取 100mL 水溶液中的 OsO_4，分配比 D 为 10. 欲使萃取率达到 99.5%。每次用 10mL 氯仿萃取，需萃取几次？

4. 用己烷萃取稻草试样中的残留农药，并浓缩到 5.0mL，加入 5mL 的 90% 的二甲基亚砜，发现 83% 的农药残留量在己烷相，它在两相中的分配比是多少？

5. 用乙酸乙酯萃取鸡蛋面条中的胆固醇，试样是 10g，面条中胆固醇含 2.0%，如果分配比是 3，水相 20mL，用 50mL 乙酸乙酯萃取，需要萃取多少次可以除去鸡蛋面条中 95% 的胆固醇？

6. 现有 $0.1000mol \cdot L^{-1}$ 某有机一元弱酸（HA）10mL，用 25.00mL 苯萃取后，取水相 25.00mL，用 $0.02000mol \cdot L^{-1}$ NaOH 溶液滴定至终点，消耗 20.00mL，计算一元弱酸在两相中的分配系数 K_D。

7. 将 100mL 水样通过强酸性阳离子交换树脂，流出液用 $0.1042mol \cdot L^{-1}$ 的 NaOH 滴定，用去 41.25mL，若水样中总金属离子含量以钙离子含量表示，求水样中含钙的质量的质量浓度（$mol \cdot L^{-1}$）？

8. 设一含有 A、B 两组分的混合溶液，已知 R_f（A）＝0.40，R_f（B）＝0.60，如果色谱用的滤纸条长度为 20cm，则 A、B 组分色谱分离后的斑点中心相距最大距离为多少？

二、自测题答案

(一) 填空题

1. 沉淀分离，液-液萃取，离子交换，色谱层析，挥发蒸馏
2. 溶解度，亲水，疏水
3. 螯合物萃取，离子缔合物
4. 网状，阳，阴
5. $-SO_3H$
6. 强，强
7. 每克干树脂所能交换的物质的量，活性基团的数目
8. 树脂中所含交联剂的质量分数，孔隙度
9. 吸附剂，0.5
10. $\dfrac{c(CH_3COOH)_{苯}}{c(CH_3COOH)_{水}}$，$\dfrac{c(CH_3COOH)_{苯}}{c(CH_3COOH)_{水}+c(CH_3COO^-)_{水}}$

(二) 选择题

1. C　2. B　3. D　4. D　5. B　6. B　7. C　8. A　9. A　10. B

(三) 计算题

1. 解：$Fe^{2+}+2OH \longrightarrow Fe(OH)_2 \Longrightarrow K_{sp}=[Fe^{2+}][OH^-]^2=8\times10^{-16}$

(1)　Fe^{2+}沉淀达99.99%时，溶液中剩余的Fe^{2+}浓度为

$[Fe^{2+}]=[0.020\times(1-99.99\%)]=2.0\times10^{-6}mol\cdot L^{-1}$

所以$[OH^-]=\sqrt{\dfrac{K_{sp}}{[Fe^{2+}]}}=\sqrt{\dfrac{8\times10^{-16}}{2.0\times10^{-6}}}=2.0\times10^{-5}mol\cdot L^{-1}\Longrightarrow pH=9.30$

(2)$c_{Fe^{2+}}=[Fe^{2+}]+[Fe(OH)^+]=2.0\times10^{-6}mol\cdot L^{-1}$

$$[Fe^{2+}]=\frac{c_{Fe^{2+}}}{a_{Fe(OH)}}=\frac{2.0\times10^{-6}}{1+\beta[OH^-]}=\frac{2.0\times10^{-6}}{1+10^4[OH^-]}$$

$$[OH^-]^2=\frac{K_{sp}}{[Fe^{2+}]}=\frac{8\times10^{-16}\times(1+10^4[OH^-])}{2.0\times10^{-6}}\Longrightarrow[OH^-]$$

$$=2.2\times10^{-5}mol\cdot L^{-1}\Longrightarrow pH=9.34$$

2. 解：设等体积溶剂萃取一次和二次后，剩余Fe^{2+}量分别为m_1和m_2，则

$$m_1=\frac{m_0}{D+1}=\frac{10}{99+1}=0.1mg$$

$$m_2=\frac{m_0}{(D+1)^2}=\frac{10}{(99+1)^2}=0.001mg$$

萃取两次后，有机相中的Fe^{2+}为m，则$10-0.001=9.999mg$

用等体积水洗一次损失的质量为m，则$m=\dfrac{9.999}{99+1}=0.1mg$

3. 解:因为 $m_n = m_0 \left[\frac{V_W}{DV_O + V_W}\right]^n$

$$E = \frac{m_0 - m_n}{m_0} = 1 - \left(\frac{V_W}{DV_O + V_W}\right)^n = 1 - \left(\frac{100}{10 \times 10 + 100}\right)^n = 0.995 \Longrightarrow n = 8$$

4. 解:因为 $V_W = V_O$,所以 $E = \frac{D}{D+1} = 0.83 \Longrightarrow D = 4.9$

$$E = 1 - \left(\frac{V_W}{DV_O + V_W}\right)^n \Longrightarrow 0.95 = 1 - \left(\frac{20}{3 \times 50 + 20}\right)^n \Longrightarrow n = 1.4$$

5. 解: 因此萃取2次才可以除去鸡蛋面条中95%的胆固醇

6. 解:水相中有机弱酸的平衡浓度为

$$[HA]_W = \frac{c_{NaOH} V_{NaOH}}{V_W} = \frac{0.02000 \times 20.00}{25.00} = 0.01600 mol \cdot L^{-1}$$

有机相中有机弱酸的平衡浓度为

$$[HA]_O = \frac{(0.1000 - 0.01600) \times 100}{25.00} = 0.3360 mol \cdot L^{-1}$$

所以有机酸在两相中的分配系数为 $K_D = \frac{[HA]_O}{[HA]_W} = \frac{0.3360}{0.01600} = 21.0$

7. 解: $c_{Ca^{2+}} = \frac{0.1042 \times 41.25}{2 \times 0.100} = 0.0215 mol \cdot L^{-1}$

水样中钙的质量浓度为:

$0.0215 mol \cdot L^{-1} \times 40.1 g \cdot mol^{-1} = 0.862 g \cdot L^{-1} = 8.62 \times 10^2 mg \cdot L^{-1}$

8. 解:设色谱分离后A组分的斑点中心距原点为 x,则

$$x = 0.40 \times 20 = 8.0 cm$$

设色谱分离后B组分的斑点中心距原点为 y,则

$$y = 0.60 \times 20 = 12.0 cm$$

A、B组分色谱分离后的斑点中心相距最大距离为: $y - x = 4.0 cm$